MEET SNOW MEET YOU

看見雪的日子

晨羽

過去所受的那些傷，
也許都是為了讓我走到這裡，
為了能在這裡，
與你相遇。

Chapter 01

和交往六年的筱婷分手後，我在房裡百無聊賴滑著手機，觀看知名攝影師Kite在IG發表的最新作品。

這張照片的拍攝地點位於巴塞隆納著名的商店大道，道路兩旁樹木林立，茂密的樹葉在街道空中交織成一片碧綠的屏障。陽光穿透樹葉的間隙幻化成細碎的金雨，將站在樹下的人們灑得一身璀璨，畫面如夢似幻。

Kite的攝影風格有著一般人模仿不來的細膩，猶如一幀幀精緻的電影劇照。即使是生長在牆角的一朵小花，在他的鏡頭下也能充滿著故事性。曾有一名國際影星主動分享Kite的作品，Kite的IG追蹤人數因此大漲，至今已突破五百萬。Kite卻始終保持一貫的神祕低調，除了在IG上發表拍攝作品，其他個人資訊一應全無，無人知曉其眞實身分。

一見到這張照片，我就反覆更新網頁。筱婷是手機重度使用者，平時喜歡瀏覽IG，也是Kite的粉絲，對方每次發表新作，她必定會點讚並留言，碰到特別喜歡的照片也會分享給我，說她將來也想去那裡看看。

我直覺認爲她會喜歡這個景點，卻不可能再收到她的分享了。看著這張照片的點讚數轉瞬間破萬，底下留言一片，我不禁揣想著筱婷現在正在做什麼？心情是喜是悲？是否好奇我過得如何、在想些什麼？是否會在看到這張照片的下一秒，告訴此刻陪在她身邊的人，希望有朝一日也能造訪照片裡的景點？

想問她的問題明明那麼多，但我最想知道答案的其實只有一個。

我給不了妳的，妳是否終於擁有了那麼一點？

Chapter 02

「柯諺文，你喝酒了？」

深夜十一點，偉杰拎著宵夜站在我家樓下門口，目光在我臉上打轉。

「喝了一點。」我摸了摸因酒精而發燙的臉頰，「今天是湯教授的退休歡送會，我多敬了他幾杯……你站在這兒多久了？幹麼不打手機給我？」

「剛剛才到，開門吧。」他簡略答道，似是懶得多說。

進屋後，我隨手把外套放在沙發上，看著偉杰逕自從廚房拿了餐具回到客廳。

「你怎麼天天跑來？我不是說我沒事嗎？」我忍不住開口。

平常偉杰總是國內外四處跑，要見到他並不容易，我也不知道他究竟在忙什麼。然而自從得知我和筱婷分手後，他卻每天過來家裡找我，每次出現手裡都帶著一袋食物。

「想來就來了，不歡迎的話，今後就把我擋在門外吧。」

「鬧什麼彆扭啊？」我微微牽動嘴角，「你見過筱婷了？」

「沒有。」他答得乾脆。

「你們沒聯絡嗎？」我有些意外，「難道是顧慮我？」

「你明知我和她不是常見面聯絡的關係，怎麼還這麼問？」

「我當然知道，但這次不一樣……」我抿了抿嘴，「我以為她至少會跟你說一聲。」

「說什麼？抱歉讓你的好朋友戴綠帽？」偉杰說完，聽到我突然發出笑聲，一雙眼睛疑惑地看了過來，「幹麼？」

「之前筱婷的同事曾經想送一頂綠色軍帽給我，當作我的生日禮物，發現我被戴綠帽後，她驚慌失措地改送了件衣服給我。」

憶起當時的情景，我忍俊不禁，偉杰卻沒跟著笑，要我廢話少說，快吃宵夜。

這天他買了滷味，選的料都是我愛吃的。

我吃到一半叮嚀他：「別因為我讓你跟筱婷的友誼生變了。」

「我只在乎跟你的友誼不會生變。」

我訝然露出今天第一個眞心的笑容，「不是幻聽吧？我居然會從你口中聽到這種話，被甩也值得了。但筱婷會難過啦，你們認識的時間可比我久。」

「也只是認識得久。」偉杰輕描淡寫說，抬眼環視只剩幾樣家具的客廳，「東西快整理完了吧？後天我來幫你搬家。」

「不用，我找搬家公司了，搬到新住處後再請你來玩。」

「喔。那工作呢?你跟的那個教授退休，助教的工作不就沒了?下學期有別的教授收你嗎?」

「系上沒有助教的缺了，我乾脆去兼家教吧。」

「知道了。」偉杰放下筷子起身。

我愣愣地望著他，「你知道什麼?」

「我請我爸打聽他朋友家的小孩有誰想要找家教。你希望對象是國中生，還是高中生?」

「慢著，我是隨口說說，而且這種事怎麼能找你爸幫忙?」我嚇一跳。

「我爸又不會介意。你是國立大學的碩士生，個性溫和，有耐心，條件很合適，如果能透過我爸介紹，待遇應該能談到比一般家教行情高。其實我妹倒是個不錯的人選，可惜她已經報名補習班了，所以就這樣吧。」偉杰一口氣說完，不等我回話就去廁所了。

這天偉杰沒有待太久，吃完宵夜就要打道回府。

他這般連日出現在我面前，證明他對我和筱婷的事確實耿耿於懷，我不希望他繼續如此。

趁著偉杰在門口穿鞋時，我對他說：「明天別再特地跑來了，有什麼事我一定聯絡你。啊，對了，替我問候馨玟，她最近好嗎？」

偉杰沒有回答我的問題，只問了一句：「你後悔認識她嗎？」

聽出他是在說筱婷，我莞爾，「沒什麼後悔不後悔的，你幹麼那個臉？難不成你是在後悔，當初如果不是你，我和筱婷也不會認識？」

「我不只後悔這件事，也後悔從一開始就跟她扯上關係。」

偉杰說完便轉身下樓，而我杵在原地，想著他說的一開始是指何時，卻又覺得自己知道答案。

回到房間打包完最後一樣物品，我望向身後的白牆。

牆上貼著一張Kite拍攝的雪景照。

從前筱婷想獨處時，就會窩在房間裡長久看著這面牆，好似這張照片能夠帶走她的煩惱與憂愁。

每個人心中都有誰也觸碰不得的祕密。有人懂得與它共存，不讓它絆住自己前行的腳步；也有人用盡辦法掩蓋它帶給自己的傷痛，以爲看不見，陰影就不存在。

筱婷屬於後者，她心中殘缺的碎片，被埋葬在這片雪地之下。

明知她的碎片就在那裡，我卻沒有勇氣取出，等到有天碎片被他人拾去，我們就只能走向結束。

對於這一天，我不是沒有過心理準備，只是這種結果，和我所希望的不太相同，才覺得格外受打擊。

傷我最重的，不是筱婷愛上別人，也不是意識到我這些年的付出終究無法讓她從束縛中解脫。而是即使選擇離開我，她仍不明白自己要的是什麼。

Chapter 03

「諺文，你看得出來這裡是哪裡嗎？」

筱婷給我看她手機螢幕裡的畫面。

倒映著天空顏色的湖水波光粼粼，遠方的一排建築物只有模糊的影子，難以看出所在地。

「Kite的新照片？」我敲打電腦鍵盤的手未停，忙著準備報告。

「對呀，他又把大家考倒了，過了一天才有人找到答案。這裡其實是某處熱門景點，但你一定猜不出來！」筱婷微微挑眉。

Kite每次貼出新作，向來不會標示拍攝地點，所以只要他貼出的是風景照，粉絲們便會紛紛留言猜測這張照片是在哪裡拍攝的，儼然成爲欣賞Kite作品的另一種樂趣。

見我的眉頭因思索而皺起，筱婷噗哧一笑，得意洋洋道：「就說你猜不到，我告訴你答案吧，這裡其實是——」

「威尼斯嗎？」我信口接話。

筱婷瞠大雙眼，發出難以置信的尖叫：「你怎麼知道？」

「眞的是威尼斯？」我也傻了。

「對，就在威尼斯大運河，有網友將照片裡的建築物，拿去與實物仔細比對過，證實就是那裡沒錯。」

「Kite的很多作品似乎都是在歐洲南部取景，難不成他眞如網友們所猜測，是南歐人？」

「這不是重點，你爲什麼會知道是威尼斯？」筱婷用力搖晃我肩膀。

「憑直覺，眞的！只是僥倖矇到的。」

「可是上次你也是一猜就中，哪可能連續兩次都矇對？簡直就像是跟Kite心有靈犀一樣！」她鼓起腮幫子，一臉不是滋味。

「妳現在是在吃我的醋，還是Kite的醋？」我覺得好笑，戲謔地輕捏了下她的鼻頭。

筱婷這才又笑了起來，她從背後抱住我，「我們什麼時候才可以出國玩？我唯一一次出國，就只有半年前去韓國員工旅行，好沒意思。」

「妳有特別想去哪個國家嗎？」

筱婷吶吶地說：「也沒有啦……除了韓國，其他國家都行，畢竟去過韓國了嘛。

如果能去Kite也去過的地方，那就更棒了！」

「妳還眞是Kite的超級粉絲。」

「那當然！乾脆選他去過、拍過照片，你也一猜就中的地方如何？像是威尼斯，感覺多浪漫。我們今年就去？」

「歐洲的旅費不便宜，我馬上去跟偉杰借錢。」

筱婷把我的玩笑話當眞了，她驚慌著嚷嚷：「千萬不要，他如果知道你跟他借錢是爲了帶我出國，一定會罵我公主病，他會瞧不起我的！」

「妳太誇張了。偉杰就算不認同，頂多擺張臭臉，不會這樣說妳。妳認識他這麼久，怎麼還這麼不了解他？」

筱婷不服氣地反駁：「我很了解他好嗎？是他對你比較不一樣。話說回來，你們最近有沒有聯絡？」

「最近沒有，他應該又出國了。」我頓了下，「怎麼了嗎？」

「他生日快到了，雖然他老說沒必要幫他慶生，但這是他的二十五歲生日，我們還是該表示些心意吧？屆時如果他人在台灣，由你出面邀他，他應該會同意出來一起吃頓飯，我們三個超久沒聚了。」筱婷語帶笑意。

我沒有拒絕的理由，便答應下來：「好，我會問他。」

偉杰和我在大一時選修同一門通識課，恰巧座位相鄰，因而相識，並結為好友。

偉杰向來處事淡然，能令他在意或動搖的事情少之又少，這使得他給人有些冷漠的印象，不過當我越了解他，就越覺得他是我見過最好的人。

唯一一次見他流露出明顯的情緒，是在我表明想向筱婷告白的時候。

認識偉杰的第二個月，我們一同去買通識課老師指定的讀物，有個女生在我們走出書店時大聲叫住他，那個女生就是筱婷。

她衝過來一把抓住偉杰，劈頭就不客氣地質問他：「高偉杰，終於逮到你了，你為什麼不接我的電話？」

「我本來打算今晚就接。」偉杰一本正經地說出有點敷衍也有點好笑的回答。

「最好是啦！這次你兩個禮拜都不回我電話也太過分了，明知朋友正在傷心難過，關心一下會讓你少塊肉嗎？」劈里啪啦一陣說完，筱婷才注意到站在一旁的我，窘迫得滿臉通紅，「你、你是偉杰的朋友？抱歉，我沒注意到你也在……」

「你們慢慢聊，我先走了。」對上偉杰略有埋怨的眼神，我忍著笑，準備離開。

「不不不，你別走，我說完了！」筱婷羞惱地瞪了偉杰一眼，隨後落荒而逃。

筱婷和偉杰國中就認識，高中也同校，連就讀的大學都在同一座城市裡。

這陣子她和家人、男友之間接連遇上狀況，亟需友人的安慰，偉杰卻不接她電話，訊息也已讀不回。

我揣測原因：「莫非是同樣的情況發生太多次，你覺得厭煩？」

「我只是不擅長應付這種情況。不管對方是誰，只要在我面前哭，我就會想逃走。」偉杰如此解釋。

「是喔？一直都是這樣？」我頗爲意外，原來他不是對任何事都能從容應對。

「不知不覺就這樣了。」

偉杰話音剛落，一名坐著輪椅的老伯伯向我們靠近，用可憐兮兮的語調央求我們購買他手中的口香糖。

當偉杰打開皮夾，老伯伯似是瞥見皮夾內有幾張大鈔，突然獅子大開口，要他乾脆用五百元買下一整盒，我對老伯伯這種行爲感到錯愕與不滿，偉杰卻面不改色掏出一張千元大鈔，還說不用找了。

老伯伯歡天喜地離開後，偉杰問我：「你吃口香糖嗎？」

「吃啊。」

我以爲他要分我幾條，沒想到他竟將整盒口香糖都塞給我，說他不喜歡吃這玩意。

「那你幹麼買？而且難道你看不出那位伯伯在坑你？」我傻眼。

「怎麼可能看不出來？」偉杰一副無所謂的態度。

幾天後，我在捷運站的月台上再次見到筱婷。

她聲淚俱下，朝一女一男大聲咆哮，雙方吵得不可開交。旁聽了幾句，便不難猜出箇中緣由。那名男生是筱婷的男友，他瞞著筱婷跟曖昧已久的女同學約會，不巧被筱婷撞個正著，然而男生完全沒有解釋或挽回的意思，當場就要跟筱婷分手。

注意到有人對持續失態的筱婷發出訕笑，還舉起手機錄下這一幕，我頓時頭皮發麻，捷運列車一進站，我就走到筱婷身邊，摟住她的肩膀。

「我們走吧。」我看著那名男生說出這句話，隨後帶著筱婷從另一節車廂上車。

車廂裡很擁擠，筱婷努力與我保持距離，一雙哭得紅腫的眼睛盈滿困惑。

我連忙解釋：「我是偉杰的朋友，上次我們在書店門口見過。抱歉剛才突然把妳帶開。」

筱婷啊了一聲，恍然大悟，臉上的緋紅迅速蔓延至耳根，「難怪總覺得你有點眼熟，我想起來了。」

倘若現在問她還好嗎，大概只會令她更難堪，於是我改問：「妳要去哪裡？」

「士林，我正要回學校。」

她低垂著頭，我看不見她臉上的神情，只能看見她的髮旋。

「好丟臉，居然兩次出糗都被你撞見，我剛剛實在是氣昏頭了……」

「在那種情況下，要保持理智本來就很困難，我能理解。」

「謝謝，你眞好心。」筱婷終於抬起臉，微微勾起唇角，靦腆地向我自我介紹，「我叫伍筱婷，你呢？」

「我叫柯諺文。」

瞥見筱婷隱隱含淚的笑容，我心中不由得一陣悸動，當她反問我要去哪裡，我竟謊稱自己要在士林下一站下車。

有偉杰這個共同朋友，一路上我們不缺話題閒聊。

筱婷告訴我，她之所以那麼生偉杰的氣，是因爲她與母親爆發嚴重口角，同時發現男友疑似出軌，她的情緒跌落至谷底，偉杰卻始終迴避著她，不肯聽她訴苦。

「他說他只是怕看到妳哭，不曉得怎麼安慰妳，不是故意不理妳。」我試著幫好友解釋。

筱婷搖搖食指，冷哼一聲，「你被他騙了。以前好幾個女生跟他告白被拒，哭著向他提出各種誇張要求作爲安慰，高偉杰全都有求必應。說到安慰女生，他分明是老手！」

「能舉個例嗎？」我的好奇心被勾起。

「一開始是摸頭牽手，還不夠就擁抱親吻，最後就是……呃……」她霎時打住話，懊惱地咬了咬下唇，似是驚覺自己失言。

我不敢相信我們說的是同一個人，脫口驚呼：「眞的還假的？」

「呃……我也是聽說的啦，那都是以前的事了。撇開這點不談，高偉杰人確實是滿好的。我只是抱怨他不肯安慰我，不是眞的在怪他。」筱婷連忙澄清。

再怎麼埋怨朋友，也不肯讓別人誤會朋友不好。筱婷這個舉動，讓我感受到她的善良。

「我知道偉杰是個好人，妳不用擔心。」我笑著說。

「呼，那就好。」

不曉得是她的這句「那就好」，還是她那鬆了口氣的表情，令我忍不住又問：「要是偉杰願意回應，妳希望他怎麼安慰妳？」

筱婷愣住了，像是從未認眞思考過這個問題，吞吞吐吐道：「……我也沒有要他特別做什麼，只是希望他聽我訴苦、安慰我幾句，身爲朋友，這種要求又不過分，但他就是連一句簡單的『妳還好嗎？』都不肯說。他從以前就對我特別小氣。」

不知道爲什麼，即使筱婷這麼說，我仍不覺得偉杰之前的說法是在騙我。

「妳跟偉杰國中同班？」

「本來是，不過高偉杰才轉到我們班一天，隔天又轉到我男友的班上，他們變成朋友後，我和他才漸漸熟識。」

「妳當時就有男友？」

「嗯，我們是青梅竹馬，國一就交往了。」筱婷眼中閃過一絲尷尬，「你會覺得我這樣很糟糕嗎？」

我不解，「妳為什麼會這麼想？我國中也有暗戀的女生，要是她喜歡我，我也會想跟她交往，我很羨慕妳能這麼早就遇到相互喜歡的對象。早知道我就學偉杰常做善事，多積點福氣，說不定也能跟他一樣桃花朵朵開。」

筱婷被我逗笑，眼睛彎彎，「應該是你太挑了，你一點也不比他差呀。你也知道高偉杰很常做善事啊？」

我再次因她的笑顏而怦然心動，並且清楚聽見自己胸膛裡怦怦的心跳聲，不由得更加緊張，話也多了起來。

「對啊，每次他去超商買東西，一定會把找零和發票投進捐款箱。上次他還跟一個坐地起價的老伯伯買下一整盒他根本不愛吃的口香糖，明知道被坑了，卻毫不在意，做善事也該有個限度吧？」

「哈哈哈，他就是這樣。他還有更誇張的行逕，高三那年，他爸爸想在他十八歲生日時送他一輛車，高偉杰不選高級轎車，而是選了計程車，把車子送給只載過他一次的計程車司機。不過理由還算是可以接受啦，高偉杰坐那位司機的車時，不巧碰上車禍，車體嚴重受損，他不忍見司機失去養家活口的工具，才會這麼做。」

「哇，這眞的很誇張。」我張大了嘴，心裡對偉杰的敬意又多了一分，「不過十八歲禮物竟是一輛車，聽起來他的父親很有錢。」

「當然有錢，你不知道嗎？」

筱婷接著說出一個名字，我大吃一驚，高偉杰的父親竟是知名食品集團的副總裁，但我對這個人的主要印象，都與他鬧出的花邊新聞有關，畢竟他的八卦比個人事業成就更常登上媒體版面。

偉杰不告訴我他是這號人物的兒子，是覺得沒必要說，還是擔心我會用異樣眼光看他？而筱婷這麼乾脆地告訴我又恰當嗎？

筱婷像是察覺我的疑慮，態度突然一改先前的玩笑隨意，正色說：「我可不是對誰都會說這些喔。我很久沒看到高偉杰跟哪個男生這麼友好了，他這個人很挑剔，會跟你當朋友，代表你身上具備他欣賞的優點，並且取得了他一定程度的信任。兩次相處下來，我也覺得你的確是個好人，才想說讓你知道也沒關係。」

她赤裸裸的讚美使我臉頰發燙。

「謝謝妳，不過偉杰沒有告訴過我他家裡的事，我想他還沒有眞正信任我。」儘管嘴上這麼說，但我其實心裡很高興。

「他也沒跟我說呀，我是在高中聽同學爆料才知道。高偉杰本來就不是那種會輕易談論自己的人，而且他不穿金戴銀，吃的用的都跟普通人沒兩樣，心地又善良，誰會想得到他是富二代啊？」

「妳對富二代的印象是不是不太好？」我忍不住問。

筱婷聽出我話裡的意思，吐吐舌頭，「好像是耶。」

我們同時放聲大笑。

那天不僅從筱婷口中聽到偉杰許多不爲人知的祕密，我和筱婷也一下子拉近距離，並互加了LINE。

她傳給我的第一則訊息，就是要我別對偉杰提起捷運月台上的事，她說她不想再更丟臉，還說跟我聊天非常開心，是我的陪伴讓她打起精神。

後來我們每天都會互傳訊息，話題從一開始在偉杰身上打轉，逐漸轉爲關心彼此的生活日常，我能感覺得出，我和筱婷的關係正在往好的方向發展。

筱婷的甜美活潑深深吸引著我，直到相處一陣子之後，我才看見她陽光笑容背後的另一面。

筱婷和我一樣來自單親家庭，得知我的母親在我小學時拋下我和父親，與情人遠走高飛，筱婷的反應比我還要難過。

起初她不願向我提起太多家裡的事，似乎有什麼顧忌，我再三保證不會對此作出評斷，她才吐露自己的母親其實是介入父親婚姻的第三者。

筱婷六歲時，父親的外遇被元配察覺，要求他與筱婷母女斷絕往來，從此筱婷沒再見過父親，母親也變得自暴自棄，常會遷怒於筱婷。

與青梅竹馬的男友交往前，筱婷的母親見他們感情好，竟用「水性揚花」、「騷貨」等惡毒字眼辱罵筱婷；筱婷與男友正式交往後，她的母親又譏諷她這麼早就交男友，別人會認爲她是個隨便、不檢點的女生。

「聽到我國一就交男友，你會覺得很糟糕嗎？」

我這才明白筱婷之前爲何會這樣問我，被母親這般多次羞辱，讓她以爲別人或許眞會這麼看待她。如今她們母女倆的關係依舊十分緊張，住校的筱婷久久才回家一次。我心疼筱婷的遭遇，以爲她和初戀男友是因爲母親的緣故才走向結束，她卻否認了。

與初戀男友分開後，筱婷高中時又交了兩任男友，剛分手的是第四任，她唯獨對初戀男友不願多談，也不肯透露兩人爲何分手。

倘若眞想探查原因，我大可以向偉杰打聽，但我沒有這麼做。

我一直沒有讓偉杰知道我和筱婷的事。

爲什麼遲遲不告訴偉杰？這有什麼好瞞著他？當時我自己也說不清楚。

在我生日那天，筱婷帶著蛋糕來學校找我，笑嘻嘻地說要爲我慶生，我才發覺不能再拖下去了，無論如何我都想跟筱婷在一起，繼續瞞著偉杰終究不妥。

我決定旁敲側擊，先問他是否知道筱婷已與前男友分手？偉杰猛地看向我，我從他的反應裡看出他並不知情，便告訴他筱婷與前男友決裂的經過。

偉杰聽完陷入沉默。

「她完全沒跟你提這件事？」我好奇問。

「沒有，所以我以爲沒事了。」他的語調聽不出情緒，似是察覺到我欲言又止，他問我是否還有話要說，我才趁勢將眞正想說的話說出口。

「我很喜歡筱婷，想要向她告白。抱歉一直瞞著你，我其實也想早點告訴你，但……」迎上偉杰視線的那一刻，我驟然止住了話。

向來喜怒不形於色的偉杰，竟整個人都呆住了。他的眼睛明明看著我，卻又不像是在看我。

他的反應讓我意識到自己一直無法對他坦白的原因。不是羞於啓齒，也不是拖得太久，導致不知如何開口，而是在我的潛意識裡，早就察覺到了什麼，就在我跟筱婷第二次相遇的那一天。

「……偉杰，」我嚥下一口口水，「你是不是喜歡筱婷？」

「不是！」

他幾乎是衝口而出。

眼前的偉杰太過反常，我無法確定他這句話是否出自眞心。

「但筱婷她……」

「我說了不是。」偉杰冷硬地打斷我的話，「我不曉得你是怎麼得出這種結論，但你搞錯了。我沒有喜歡伍筱婷，我對她不可能有那種感情。」

「我知道了，我就是問問，你也不用講得那麼絕對嘛。」我笑著試圖化解尷尬。

「不管你是怎麼想的，我都要跟你說清楚，我跟伍筱婷不可能，永遠也不可能，你聽懂了嗎？」

偉杰的嚴肅讓我不敢繼續嬉皮笑臉。

「我懂了，對不起，是我亂說話，你不要生氣。」我鄭重向他道歉。

「我沒生氣。」偉杰收起情緒，臉上面無表情，「我只是不希望連你都誤解。」

當時我一心只想平息偉杰的怒火，沒去深思他這句話。

後來偉杰表示對我和筱婷的發展樂見其成，我沉浸在喜悅裡，將這件事拋到了腦後，直到跟筱婷一起生活，我才經常想起這段插曲。

筱婷起初沒有接受我的表白。她對我也有好感，但上一段情傷讓她對愛情抱持悲觀的想法。她越是喜歡我，就越害怕我們也會走向分手，她不想要失去我。

「我脾氣並不好，你也看過我和前男友鬧翻的樣子。我愛吃醋，又常鬧彆扭，性格幼稚且纏人，一固執起來，不只別人受不了我，我都受不了這樣的自己。」她字字句句充盈著不安。

我天真地安慰她：「我也有頑固又惹人厭的一面啊，不過我有一項很好的優點，只要吵架，我絕對會馬上道歉，無論誰對誰錯，所以我不覺得我們會有鬧翻的一天。最重要的是，我完全無法想像自己會像妳前男友那樣對妳，妳應該知道，我根本就做不出那種事。」

筱婷沉默片刻，忽然輕聲問：「那你能不能答應我一件事？」

「什麼事？」

「假如有一天，我們不得不……分手……你還願意跟我做朋友嗎？正因為我清楚你跟別人不一樣，所以更不想失去你，可是現在的我很難重拾信心……我真的很害怕。」她的聲音聽起來像是快哭了。

那時的我十分樂觀，有把握自己能讓筱婷幸福，漸漸忘卻這些無謂的擔憂，我相信時間能證明一切，於是我答應了她。

正式交往後，我才發現筱婷內心的不安全感比我想像中的更深，我竭盡所能想做到令她放心，而我也感覺得到她是真心想跟我一起經營好這段感情，為此付出許多努力。

珍惜彼此的我們，有過一段幸福的時光，只是這樣的美好卻在我們大三時戛然而止。

那一年，Kite在網路上引起關注，筱婷變成他的粉絲。

同年，筱婷也決定離開母親身邊，搬來與我同居。

那是再普通不過的一天，筱婷忽然無法用自己的雙腳走出房間，連課都沒能去上。

筱婷發病的前一夜，她一如往常躺在我身旁，我們談天說地一陣後，各自漸漸睡去。第二天早上，我喚她起床，她一睜開眼就開始流淚，像嬰兒一樣除了哭泣什麼也做不了。

由於查不出身體哪裡出問題，最後我只得帶她去看身心科。

面對醫生的問診，筱婷支支吾吾哭個不停，什麼答案都給不出，她完全不知道自己到底怎麼了。

從診所回來後，她請我用她的手機交待她同學一些事，便頂著哭腫的雙眼昏睡過去。

我解開她的手機密碼鎖，螢幕迅速跳出一幅畫面，定睛一看，那是一張IG上的照片，而且是Kite在台灣凌晨一點所發表的最新作品。

筱婷早上醒來後一直把手機留在床上，沒有動過，這表示她前一晚是看著這張照片入睡的，比她晚五分鐘睡著的我，當時並未察覺她有任何異狀。

我將這條薄弱的線索告訴醫生，卻得到意想不到的回答，醫生表示，不排除筱婷的病可能與這張照片有關。

我感到匪夷所思，筱婷之所以會變成這樣，起因是一張照片？

醫生在與筱婷對談的過程中，發現她會避免長時間進行單一話題，總是用「我不太清楚」以及「我不覺得這有什麼」這兩句話簡單帶過，彷彿不願讓自己想得太深入，看得太透徹，而她對自己的這種行爲毫無所覺。

醫生甚至認爲，與其說是這張照片讓筱婷生病，不如說可能是這張照片觸動到她不願面對的某些事，成了讓她發病的導火線。而直到這一刻，筱婷都還在下意識保護自己，拒絕面對被她強行忽略的祕密心事。

我將Kite的那張照片看過無數回。鐵灰色的天空，一望無際的白色雪地，一個在雪中踽踽獨行的人影，我無法得知筱婷究竟從這張照片裡看見了什麼，只能揣測或許與筱婷的母親有關，畢竟從以前到現在，她都是傷筱婷最深的人。

爲了照顧暫時無法出門的筱婷，那段期間我蠟燭兩頭燒，所幸筱婷很配合醫生的治療，情況日益好轉，從每天只能黏在我身邊哭泣，到可以重返校園，不過兩個月的時間。

對她而言，那段日子彷彿只是經歷一場重感冒，痊癒過後便沒事，但對我而言卻成了再也難以忘懷的記憶。

沒有人知道，筱婷康復後，出現了一項後遺症。

筱婷像是完全忘記自己大病過一場，沒有意識到那張照片帶給她的影響，她將Kite的那張雪景照放大洗出來，貼在臥房的牆壁上。

除此之外，她其他方面都很正常，我以爲沒什麼大不了，直到她不時會把自己長時間關在房間裡，什麼也不做，只看著那張照片出神。

我很擔心她會再次發病，卻遲遲沒有勇氣開口問她，爲什麼要不斷看著那張照片？

某個夜裡，筱婷突然跟我說起她和初戀男友的過往。

那個人叫陳澤孝。他們分開的理由比我原先猜想的還要令人唏噓，陳澤孝在國三時因車禍過世，筱婷連他的最後一面都沒能見到。

「妳一定很難過。」我說。

「超級難過，天天哭個不停，高偉杰還在那時候疏遠我，一切都糟得不能再糟了。」

我不解，「他爲什麼疏遠妳？」

「不知道，可能打擊太大。但我理解他的心情，當時他一定也沒辦法接受事實。」筱婷深深嘆了一口氣，「諺文，我覺得我好可怕。」

「爲什麼？」

「我曾以爲不會再遇到比這更痛不欲生的事，也不可能再擁有快樂。可是澤孝死後，我很快就再度戀愛，不再爲他繼續心痛。怕你會認爲這樣的我很無情，所以不敢跟你說這件事。」

我頓了下才問：「那爲什麼現在願意說了？」

「就是忽然想說出來了……以前我確實做了很多過分的事，恐怕連你都無法接受。」

「不會啦，妳說說看。」我溫柔鼓勵她。

筱婷難掩神色緊張，怯怯地看了我一眼，囁嚅著說：「澤孝去世前曾對我說，希望我永遠不要喜歡上別人，還說他有種感覺，哪天他不在我身邊，我就會隨時奔向其他人的懷抱。我氣他把我想得那麼輕浮，更氣他刻意在高偉杰面前，逼我承諾自己永遠不會喜歡上別人。但是，在他死後不到半年，我就接受了另一個男生的追求，而且我不是在賭氣什麼的，而是眞心喜歡上對方。你說，我是不是很過分？」

我發覺這可能跟筱婷不敢面對的心事有關，於是小心答覆：「我不這麼想。你們那時才國中，想法都不成熟，他太怕失去妳，才會說出那樣的話，況且感情的事又無法掌控，妳不需要抱著這份罪惡感責備自己。」

「但你不認爲我太容易移情別戀？若你是高偉杰，不會爲死去的好友感到不值？」

這時再矢口否認就太假了，筱婷必定不會信。

我坦白說出內心眞正的想法：「若我是偉杰，一開始可能多少會難以接受，可是等我想清楚了，就不會認爲妳有錯。我相信偉杰的想法也跟我一樣，他不會希望妳始終活在過去的陰影裡。」

「眞的嗎？」筱婷的眼中滿是不確定。

「當然是眞的。不過有一點我不太懂，妳說陳澤孝刻意在偉杰面前，逼妳做下承諾，他爲什麼要那麼做？」我提出疑惑。

「我不知道。以往澤孝過生日都是我單獨幫他慶祝，那次他卻沒說一聲就找了高偉杰一起過來，還許下這種願望，我很難相信他不是故意的。當時高偉杰很尷尬，我也很難堪，我氣得好幾天不理澤孝，他拚命向我道歉，我們才和好。沒想到兩個月後，他就出事了。」

「……然後偉杰就不理妳了？」我心中閃過一個猜測。

「嗯，在我和第二任男友認識交往前，高偉杰就已經跟我保持距離，所以應該不是因爲我移情別戀，他才對我冷淡。得知我另結新歡，他也沒說什麼，雖然無法像從前那樣自然相處，不過至少他還肯搭理我，沒有跟我絕交，算是萬幸了。」

我沒有接話，只是聽著筱婷往下說。

她的聲音變得沙啞，這是她快哭了的前兆。

「諺文，你願意諒解我，我很高興，但我還是會覺得，早就被澤孝看透的我非常差勁，我以前是眞的很喜歡他，把他當作家人，希望能永遠跟他在一起，可是我卻那樣殘忍地辜負了他。我明明也希望我愛的人永遠只愛著我，爲什麼人沒辦法一輩子只喜歡一個人呢？」

我又默然片刻，「我能理解妳的心情，但倘若眞如妳所言，一輩子只能喜歡一個人，我們現在不就沒辦法在一起？難道妳後悔喜歡上我了？」

我可憐兮兮的語氣，讓筱婷笑著抱緊了我，將臉貼在我的胸口。

「怎麼可能？你不知道我有好幾次都在想，我一定是上輩子做了比高偉杰更多的善事，這輩子才能遇到你，未來絕不會再有人像你一樣對我這麼好，我想像不出自己還會再愛上別人。幸好高偉杰讓我們相遇，對不對？」

「是啊。」

半夜兩點，筱婷已然熟睡，我卻還很清醒。

筱婷初戀男友說的話，讓我回想起一段往事。

「我不曉得你是怎麼得出這種結論，但你搞錯了。我沒有喜歡伍筱婷，我對她不可能有那種感情。」

「我只是不希望連你都誤解。」

我這時才發現，偉杰當時的話裡藏有非常重要的訊息。他說不希望連我都誤解，表示我不是唯一一個有過這種想法的人。

陳澤孝在生日當天一反常態將偉杰找去，並在他和筱婷面前許下那種願望，會不會確實意有所指？

如果是這樣，那他針對的人會不會並不是筱婷，而是偉杰？

難道陳澤孝也疑心過偉杰是不是喜歡筱婷？在陳澤孝去世之後，偉杰立刻疏遠筱婷，又是否與此有關？莫非偉杰其實知道好友生前在懷疑他？

我無法停止各種想像及揣測，不斷回想著過往，包括曾經被我故意視而不見的某個模模糊糊的念頭。

與筱婷第二次見面時，她神采飛揚聊起偉杰的神態，就已讓我隱約有了某種猜測，可是我的心不想要正視。

「要是偉杰願意回應，妳希望他怎麼安慰妳？」

「我也沒有要他特別做什麼，只是希望他聽我訴苦、安慰我幾句，身爲朋友，這種要求又不過分。」

此後筱婷沒再提起過陳澤孝，那晚我所聽到的一切，彷彿只是她夢中的囈語，但我無法再繼續裝傻了。

想找偉杰談談，卻不確定自己想聽到什麼答案。心神不寧的我，在家裡大掃除轉換心情，意外找到筱婷藏在房間書櫃裡的日記。

她將生病那段期間的心情記錄在一本筆記本裡。翻開第一頁，我的腦中就響起警報，警告我不能再讀下去，可是我的手仍不受控地從頭翻到最後。

二〇一一年三月二十九日

今天諺文上整天課，我自己回診，有點鬆了一口氣，這樣他就不會知道我的腦子好像壞掉了，忘了好多事。

發現我失去過往的部分記憶，醫生要我試著努力回想，並把每天想起來的事記錄下來，即使是討厭的事也要寫得清清楚楚。

今天我想起蔡潔妤。

以前她最喜歡到處宣揚我是私生女，讓我在學校抬不起頭，就算澤孝報告到老師那裡去，老師也只會睜一隻眼閉一隻眼。畢竟蔡潔妤是班長，功課好，長得漂亮，老師因此對她特別寬容，同學也把她當作公主，天天奉承著她。

只有高偉杰不吃她這一套。

高偉杰國一下轉學過來，老師讓蔡潔妤帶他參觀校園，十分鐘後，她卻哭著跑回教室。事後透過同學轉述，據說蔡潔妤當著高偉杰的面嘲笑我是私生女，高偉杰不留情面地罵了她一頓，還宣稱自己也是私生子，要她儘管去跟大家說，此後蔡潔妤就沒再欺負過我了。

過了幾年，我才得知高偉杰的父親大有來頭，師長不敢輕易得罪，難怪即便高偉杰惹哭蔡潔妤，老師也沒罵他，學校還應他的要求，讓他隔天就轉班。升上高中，我鼓起勇氣向高偉杰問起這件事，他卻早就沒了印象，連蔡潔妤的長相都不記得。

高偉杰並不是私生子，當時他應該只是不齒蔡潔妤那番舉動，才會那樣說，但我還是很高興，他不僅替我出了口氣，也讓我深感自己不必再活得這麼畏畏縮縮。

雖然蔡潔妤很討人厭，但想起這段回憶，我卻一點也不覺得討厭。

二〇一一年四月十日

今天想起國二參加校園繪畫比賽的事。

比賽主題是「雪」。我畫了一個人站在一片雪地裡，卻怎麼畫都不滿意。澤孝建議我只畫風景，我堅持一定要有人，最後高偉杰不耐煩了，趁我不注意的時候偷畫了第二個人上去。

看到畫裡貼在一起的兩個人，我差點就哭了，卻是出於感動。

想起這件事的同時，我才遲來地明白當時爲何會有那種心情。

爸爸跟我約定過，有一天會帶我去冬天的高山上賞雪。我把苦苦等待爸爸履行約定的自己，投射至畫裡那人身上，好似看見自己被爸爸遺棄在雪地裡，寂寞得難受。

高偉杰爲那張畫添上第二個人之後，我心中的寂寞瞬間一掃而空，覺得這就是我想要完成的作品。

我替那張畫取名爲〈看見雪的日子〉。那張畫有幸得到了佳作，並張貼在學校的展示牆上，然而沒過幾天，畫卻被人悄悄撕走。

我很難過，感覺自己的一部分好像也被帶走了。

那張畫到底被誰帶去了哪裡呢？

二〇一一年四月十五日

媽媽在客廳打了我，高偉杰推倒了我媽。

這行句子眞是莫名其妙，但我想起來的記憶確實就是這樣。

這是發生在什麼時候的事？又是怎麼發生的？高偉杰爲什麼會在我家？

二〇一一年四月二十九日

大概是國三吧，我到澤孝的班上玩撲克牌，輸了的人要進行眞心話大冒險。

高偉杰輸了，他選擇眞心話，而他抽到的問題是：如果這世上只剩下自己跟左邊的人，會不會喜歡上對方？

高偉杰看了一眼坐在他左邊的我，馬上回答不可能。

明明還有記起別的事，寫到這裡時，腦袋卻突然一片空白，想不起來，只好先停筆了。

最後一篇日記，是筱婷在對我傾吐心聲的隔天所寫下。

二〇一一年五月二十二日

這個月幾乎沒再想起什麼，但我還是想寫。

昨天對諺文提起一些事，明明決定告訴他一切，中途卻反悔了。

我是膽小鬼，希望諺文接受我的全部，卻又沒辦法完全坦白，我還是不敢讓他知道我一直避而不談澤孝，不是因爲愧疚，而是因爲我把他忘了，而且是近乎失憶的遺忘。

以前諺文問起他時，我就發現自己忘了好多事，如果不是看見Kite拍的那張照片，根本不會想起來。

我怎麼會變成這樣？又爲什麼看到那張照片，就會斷斷續續想起那些過往？

我很慶幸，諺文明知我總是窩在房裡看著那張照片，卻什麼也沒問，否則我眞不知道怎麼回答他。如果讓他知道，我看著那張照片，似乎能想起更多被我遺忘的事，也能讓我感覺快樂滿足，就像國二完成那幅畫時一樣，他一定又會帶我去看醫生了。

我不能再讓他擔心，也捨不得再讓他爲我煩惱。要是他開始對不斷給他添麻煩的我感到厭倦，甚至不再愛我，那該怎麼辦？

無論如何，我都不想讓他看到這樣的我。

讀完日記，我心中第一個念頭就是約偉杰見面。

偉杰彷彿早料到有這一天，見我神情有異，他態度乾脆地要我直說無妨。

筱婷曾要我別對偉杰提起她生過那場病，但既然要與偉杰談論這整件事，就無法對此避開不提，於是我向他據實以告，包括那本日記的所有內容。

聽完之後，偉杰平靜地看著我，「你懷疑伍筱婷會變成現在這樣，主因是在我身上？」

「抱歉。」我無法否認。

「幹麼道歉？你的懷疑很合情合理，但你應該也很清楚，能給你答案的人只有伍筱婷。」

我一時聽不出偉杰這麼說，是不是等同於承認我的猜測無誤，便問：「陳澤孝眞的懷疑過你們？」

「他眞正懷疑的只有一個人。」

偉杰這句回答，令我頓覺眼前一片黑。

「所以你早就看穿了筱婷的心意？」

「我不確定伍筱婷的心意是什麼，畢竟她從未親口表明過。但如果你跟陳澤孝一樣，認爲伍筱婷並未察覺自己對我『不只是朋友』，那我只能告訴你，他確實也問過我同樣的問題。」

「那你怎麼回答？」

「我回答他，即使眞是如此，我和伍筱婷的關係也不會改變，原因我很早以前就跟你說過了。」

我立刻回想起偉杰斬釘截鐵的話聲。

「我沒有喜歡伍筱婷，我對她不可能有那種感情。」

我半信半疑，暫時先不揪著這點不放。

「你在陳澤孝過世後就疏遠筱婷，是因爲介意陳澤孝那番話？」

「對，就算我問心無愧，也做不到完全不介懷，只能與她保持距離，假如伍筱婷眞的對我抱有別種想法，這麼做更是必須的。」偉杰頓了下又說，「我不想讓這段過去影響到你和筱婷的交往，才決定絕口不提，也不後悔這麼做。要是你認爲我欺騙了你，我也能理解，但我希望你至少願意相信，關於伍筱婷的事，我未曾對你說過半句謊言。」

「包括你說你對筱婷永遠不會有那種感情？」我心中百感交集。

「對。」

「永遠那種事，你怎麼能保證？」

「你也只能相信了不是嗎？」偉杰一語中的，「我們三人的過去，你知道再多都沒有意義。我不認爲伍筱婷對你的感情是虛假的，但倘若你因爲我的存在而感到不安，就直接告訴我你希望我怎麼做。再次聲明，你的懷疑很合理，你有資格要求我。」

我站在原地，一動也不動，時間彷彿靜止了下來。

「我希望你暫時別跟筱婷聯絡，就算她找你，你也別理她。」我第一次感覺自己的聲音如此陌生。

「好。」偉杰應下。

偉杰在我和筱婷的生活裡消聲匿跡的第一個月，筱婷見我對偉杰一句關心也無，問我是不是跟偉杰吵架了。

我矢口否認，她卻起了疑心，看著我的眼神似乎出現了一絲不信任。

我和筱婷的關係也開始出現變化。

我希望她撤下貼在房間牆上的雪景照，她拒絕了。她不明白我為何突然看那張照片不順眼，又給不出解釋，便與我起了幾次沒有結果的爭執。

而偉杰消失一整個暑假後，筱婷更與我爆發了自交往以來最嚴重的一次口角。

「你和高偉杰到底發生什麼事，為什麼你都不告訴我？」筱婷帶著怒意大吼。

「妳為何非要追究？難道沒有偉杰，妳就不知道日子怎麼過了嗎？」各種情緒在我心中積壓已久，我忍不住也吼了回去。

筱婷面色一白，顫抖著嘴唇說：「你怎麼能這樣說？高偉杰無故失聯這麼久，我擔心他難道有錯？他不是你的好朋友嗎？你真的變得好奇怪，這陣子你越來越不像是我認識的柯諺文，彷彿變成了另一個陌生人，你知不知道你這樣我有多害怕？」

筱婷邊說邊哭，她的泣訴讓我冷靜下來，我抱著她頻頻道歉，卻還是止不住她的眼淚。

「高偉杰是我認識最久的朋友，我很珍惜與他的友誼。你們都是我在這世上最信任的人，我誰都不想失去，這樣會很貪心嗎？」筱婷傷心不已。

「對不起，是我的錯，我做錯了。」

我只能反覆向她道歉。

筱婷睡著後，我主動傳訊息給偉杰，很快收到了他的回覆，我走到屋外的樓梯間撥出電話。

「好久不見。你睡了？」我生疏地開口。

「還沒有。」

久違地聽到他一貫淡然的嗓音，令我一陣安心，眼眶驀地發燙。

「……很抱歉，我做錯了。我只顧及自己的不安，沒有考慮筱婷的心情，更沒有考慮你的。我不僅傷害了她，也傷害了你。我把一切弄得一團糟，對不起。」

讓偉杰從筱婷的世界抽身，並未令我就此心安，反而無時無刻有顆大石壓在心上，沒有一天睡得安穩。

看見筱婷的眼淚，我才領悟我不是不信任偉杰，也不是不信任筱婷，而是不信任自己。得知筱婷和偉杰的過去，我失去了信心，認爲等到筱婷看清她的內心，就不會再愛我。我時時刻刻害怕著是不是過了今天她就會「覺醒」，而Kite的那張照片遲早會讓我失去她，我在這些恐懼中不知不覺先失去了自己。

將偉杰摒除在生活之外，我和筱婷同樣難受，偉杰沒有做錯什麼，我心知肚明，甚至也能認同他的作法。

他爲了我，答應消失在筱婷面前，但我除了繼續活在猜忌與恐懼裡，究竟爲他和筱婷做過什麼？

我從不曾像現在這一刻如此厭惡著自己。

「我不認爲你有做錯什麼。」

聽到偉杰的這句話，我潸然淚下。

醫生說筱婷有不願面對的心事。

從那本日記裡，我能看出偉杰就是筱婷的那樁祕密心事。

也許在意識到自己眞正的心意之前，筱婷就已經知道她和偉杰不會有結果，才一次次在心裡扼殺這份情感，將它埋藏在那片雪地下的最深處，假裝沒有看見。

維持現狀，或許才是最正確的。

如今我已明白，硬是將偉杰從筱婷的生命中剝奪走，只會導致我們三個人的不幸。過去偉杰應該也是察覺了這一點，才會選擇與筱婷保持最適當的距離，不冷不熱，不遠不近。

讓三個人的關係失衡、走向斷裂的人是我，我拿筱婷根本不知道的過錯懲罰她，對她又何嘗公平？

我決定讓自己抱持和偉杰同樣的想法，相信筱婷對我的愛並非虛假，不是一碰就碎的泡泡。

不再刻意迴避偉杰後，我和筱婷之間又恢復過往的安穩平靜。

大學畢業，我入伍當兵，與筱婷暫時分隔兩地。退伍後，我順利考上了研究所。

筱婷則是在一間韓國服飾店上班，擅長推銷的她有不少忠實客戶，老闆對她相當滿意。她的老闆是名四十歲的男子，筱婷很欣賞他的風趣幽默，經常會跟我分享他的趣事。

曾經讓我惶恐忐忑的那段日子，隨著流逝的歲月被推得越來越遠，幾乎就快被我遺忘了。

筱婷常和一位名叫京京的同齡女孩一同值班，某天我到服飾店附近辦事，順道帶兩杯飲料過去給她們，發現只有京京一個人在店裡，她說筱婷去郵局寄包裹給客人。

京京從商品架上取下一頂墨綠色素面軍帽，說是要送我，答謝我每次送飲料點心給筱婷時，都不忘帶一份給她。

「那些小東西又沒什麼，怎能讓妳破費？」我婉拒。

「別客氣，這算是我補送給你的生日禮物，筱婷回來我會跟她說的。」京京爽快地擺擺手。

「但我生日還沒到啊。」我笑了。

「還沒到？不是上個星期嗎？」

「不，我生日是下個月。」

京京怔住了，隨即尷尬一笑，「啊，可能是筱婷說的時候我記錯了吧，那也是可以提早送啦。不過我改變心意了，這頂帽子沒有很適合你，換件開襟衫怎麼樣？這件是昨天到的新貨喔！」

她迅速從我手中抽走帽子，改拿一件米白色的上衣給我。

我帶著那件開襟衫回家，晚上筱婷要我穿給她看，我依言換上，筱婷稱讚京京果然好眼光。

「多虧她記錯我的生日，我才能得到這件衣服。」我打趣道。

「對啊。」筱婷語氣莫名略爲一沉，低頭將髮絲撥到耳後。

這個細微的動作讓我察覺到她心情上的變化，「怎麼了？今天很累？要不要幫妳按摩？」

「不用，沖個澡就好。我買了冰豆花，等會一起吃吧。」說完，筱婷起身拿了換洗衣物走進浴室。

之後再見到京京，她對我的態度變得不太自然，常常話說到一半就將目光撇開。於此同時，筱婷心不在焉的頻率也變多了。

她好幾次漏聽我說話，關在房間裡的時間也比以往更長。我問她怎麼了，她的解釋總是最近工作太忙太累，才會時常恍神。另外，我還注意到一件事，以前她每天都會跟我聊起客人怎麼樣、老闆怎麼樣，如今卻絕口不提。

我不由得萌生猜測，筱婷最近的異常會不會與她封藏在心底深處的那樁祕密心事有關？她是不是「覺醒」了？所以那天她才會主動提議要爲偉杰慶祝他的二十五歲生日。

聯絡上偉杰時，我並未向他坦言我的不安，我們已經說好不再提及此事，我也深信偉杰不會做出讓我失望的舉動，因此在心中的懷疑得到證實前，我不打算輕率破壞這些年維持的和諧。

偉杰退伍後，沒有接下父親安排的工作，而是去到世界各地旅行，最長有好幾個月沒回來台灣。

儘管長時間未能與偉杰碰面，筱婷也沒有流露出失落或寂寞，反倒期待著偉杰從國外歸來時，會帶什麼紀念品給我們。

這樣的筱婷，有可能再次受那樁心事所影響嗎？

偉杰在他生日前一個星期返台，我們決定在KTV為他慶生，筱婷那天會提早下班。

去店裡拿預訂的生日蛋糕時，偉杰正好打電話給我。

「我妹今天沒補習，我想帶她一塊來，可以吧？」他問。

「當然可以，我已經在路上了，等會見。」

在KTV櫃臺確認訂位資訊時，偉杰從背後拍我的肩。

我回過頭，驚訝地上下打量他，忍不住放聲大笑：「你這次跑去哪？我都快認不出你了！」

「埃及。」他也笑了。

偉杰整個人變得又黑又瘦，連頭髮也變長了。

「諺文哥，你好。」一名穿著高中名校制服的短髮女孩向我打招呼。

「馨玫，好久不見。」我笑著看向這名氣質出眾的少女。馨玫今年高二，偉杰偶爾會帶她過來參與我們的聚會。

這幾年，只要我開口相詢，偉杰並不避諱讓我知道他家裡的一些事。偉杰的家庭關係比一般家庭來得複雜，這也使得馨玫比其他同齡的孩子更為早熟懂事。

我們在包廂裡點了一壺茶等筱婷，馨玫在我和偉杰閒聊之際，默默幫我們倒好了茶，規矩地坐在哥哥身旁。

見狀，我幫她點了一首歌：「馨玫，這首最近很紅，妳一定聽過，陪我一起唱吧，如果我走音了，妳要把我救回來。」

我故意把歌唱得七零八落，導致馨玫不斷笑場，偉杰嘴上嫌棄我，卻也跟妹妹一樣笑得很開心。

時間過去一個小時，筱婷卻仍未出現。

我正擔心，筱婷就打電話過來了，我放下麥克風，拿起手機：「筱婷，妳怎麼還沒到？」

「諺文，對不起，我恐怕沒辦法過去了。」

聽到這句話，我盡量不動聲色地起身，快步走出包廂，卻還是引得那兩人看了過來。

我掩上門，低聲問：「怎麼回事？」

「京京她人不舒服，我得陪她去醫院一趟。」筱婷細小的聲音滿是歉意。

「那妳怎麼不早點通知我？我很擔心妳。」我無奈嘆了口氣，「不是出什麼意外就好，京京還好嗎？晚點我也去看看她。」

「她還好，應該是沒有大礙了。等一下送她回家，我還會在她家待一陣子，幫我跟高偉杰說聲不好意思，不能爲他慶生，之後我會再當面向他道歉。」

「好，那妳路上小心點。」

結束通話後，我轉身想走回包廂，卻被人叫住，我全身一僵，猛地朝走廊盡頭望去。

「你也來這裡呀？」京京笑容可掬地走過來，「跟筱婷一塊來唱歌嗎？」

我吶吶張口：「妳怎麼會在這裡？」

「我今天休假，跟朋友聚會，怎麼了？」她不解我爲何如此驚訝。

「筱婷剛剛打電話給我，說妳人不舒服，她陪妳去醫院，還說要送妳回家。」

京京的笑容霎時凝滯。

「眞、眞的嗎？筱婷怎麼會……」她心虛得連一句話都說不完整。

我胸口的不安漸漸擴散，「京京，妳是不是知道筱婷爲什麼說謊？可以告訴我原因嗎？」

「我……」京京眼神閃爍，內心似是經歷了一陣天人交戰，最後她重重嘆了口氣，「對不起，我沒立場替筱婷解釋，是她做錯了事，你好好跟她談談吧。」

京京說完不敢看我，低著頭迅速離去。

推門回到包廂，偉杰和馨玟同時看向我，卻很有默契地什麼也沒問。

「偉杰，筱婷店裡臨時出了點狀況，沒辦法來了，她說會再跟你道歉。我們現在來切蛋糕吧。」

在我要拆開蛋糕盒上的緞帶時，偉杰阻止了我：「蛋糕我帶回去吃，我和我妹先去看電影，下次再約。」

一旁的馨玟也背上了書包。

我擠出來的笑容慢慢消散，「抱歉。」

「你沒做錯事，幹麼道歉？」偉杰淡淡說完，便帶著馨玟離開。

回到家後，我打電話給筱婷，她不接也不回電，甚至遲遲未歸。

後來是京京打了通電話過來，說筱婷今晚會住在她家，她怕我擔心，所以特地通知我。

到了隔天，筱婷依然沒有與我聯絡。

第三天，京京約我見面。

「筱婷的情緒非常不穩定，除了哭還是哭，你這樣苦等下去不是辦法，我想了想，決定雞婆地先代她向你說明。」京京語帶無奈。

「謝謝妳。」我冷靜得連自己都覺得意外，「筱婷是不是喜歡上別人了？」

京京面色沉重地點頭。

「那個人是誰？」

「是我們店裡的老闆。」

我愣住了，遲了幾秒才反應過來，「妳們店裡的老闆？」

「嗯，我們老闆向來對筱婷格外體貼，我之前就感覺他們之間的氛圍……不太尋常，本來我是不想管的，但看到你對筱婷那麼好，也把我當朋友，良心實在過意不去。我勸過筱婷，也狠狠罵過她，沒想到她還是越陷越深。」

「妳們那個老闆不是已經結婚了？」

「對，但他早就私下追求筱婷好一陣子，他跟妻子分居多年，上個月正式簽字離婚。在KTV遇到你那天，進醫院的人其實是我們老闆，他出車禍後聯絡筱婷，希望筱婷能去陪他。」

我心中一片茫然，「妳是什麼時候發現他們……」

「……就是送你生日禮物那天。前幾個月某天下午，筱婷說晚上要幫你慶生，得提前下班去拿蛋糕，老闆就說那他開車順道送她過去，我也沒多想。直到你那天來店裡，說你生日還沒到，我才知道筱婷騙了我，她那天提前下班，八成是跟老闆去約會了。」

「所以妳後來見到我才會那麼尷尬。」我總算恍然大悟。

「對啊。作為你們的朋友，我實在很兩難，尤其在你面前裝作不知情，更令我愧疚萬分。我勸過筱婷，如果她喜歡上別人了，就早點跟你說清楚，可她偏偏就是一直拖著。」

「抱歉害妳為難，我能理解筱婷為何對我開不了口。請妳替我帶話給她，告訴她我沒生氣，請她今天回來一趟，無論多晚我都會等她。」

京京替我帶話後，筱婷果真在晚上十點回來了。

她眼睛底下懸著醒目的黑眼圈，證明她這幾天確實不好過。

「肚子餓不餓？要不要幫妳煮碗麵？」我溫聲問她。

筱婷紅著眼眶搖搖頭。

我們並肩坐在客廳，好一會誰也沒出聲。

我打破沉默：「我聽京京說了一部分，其他的我想聽妳親口對我說，這對我們的往後很重要，請妳務必實話實說。妳眞的喜歡上妳老闆了？」

筱婷怯怯地點頭，淚水落在她的手背上。

「妳是什麼時候對他動心的？又是怎麼對他動心的？」

她不敢看我，支支吾吾地說：「之、之前去韓國員工旅行，住在山上的民宿，回國前一晚，外頭飄雪了，老闆邀我去賞雪。我們聊了一整夜，他跟我說了許多他的事，我也跟他說了我的一些事……他牽起我的手，說很心疼我從小受到的傷害，還說他想要守護我，不再讓我感到孤單，他……」

我感覺全身血液凍結成冰，不敢置信，「你們那時就在一起了？」

筱婷用力搖頭，「他當時向我表白，但我拒絕了，我說我已經有了你，也很愛你，而且他也有妻子。他說他知道，卻還是爲我動心了。他覺得我是唯一理解他的人，也是唯一能填補他內心空洞的人。他承諾會與妻子離婚，也承諾明年此時會再陪我去看雪……從韓國回來以後，我變得越來越在意他，無法拒絕他，尤其他還火速辦妥了離婚手續……」

明明沒有淚意，我眼前的世界卻變得無比模糊。

「爲什麼他會說不想再讓妳感到孤單？難道妳告訴他，我讓妳有這種感覺？」

筱婷全身一顫，竟沒有否認。

她放聲哭泣，抽抽噎噎地說：「諺文，對不起，當我看到他對著我掉下眼淚，向我傾訴他的痛苦和脆弱，說他很需要我……我就怎樣也放不下他。諺文，你一直是我最大的避風港，在你身邊，我什麼都不用怕，我很想一輩子依賴著你。可是有時候，我卻又感覺內心很空虛，覺得自己對你毫無用處，無法像你守護我那樣守護著你，我越來越不喜歡什麼都不能爲你做的自己……」

世界開始天旋地轉，我不得不閉上眼睛，待暈眩感稍稍退去，才再度張眼。

「筱婷，妳這番話聽起來，像是在怪我太堅強，不懂得讓妳看見我的脆弱，不懂得明白說出我有多麼需要妳，妳才會被能做到這些的人所吸引。如果現在我做出跟他一樣的舉動，妳就會相信妳對我來說有多麼不可或缺？妳是這個意思嗎？」

筱婷被我問得愣住了。

「我們在一起這麼久，我以爲妳很了解我，這只是我一廂情願的想法嗎？爲什麼妳要用另一個男人與妳的相處，來衡量我對妳的感情？進而認定他比我更需要妳，甚至比我更愛妳？妳覺得這對我公平嗎？」

「沒有，我並沒有這麼想！」她驚慌失措地搖頭，卻辯駁得毫無底氣。

「如果妳眞沒這麼想，就不會將這兩件事混爲一談了。妳剛說的那些，會讓我覺得妳愛上別人，是我親手造成的。」我定定地看著她，連眼皮也不眨一下，「每次我擁抱妳，每次說我愛妳，都在表示我有多麼需要妳，如果妳感覺不到，也應該告訴我，而不是把這份不安對別的男人傾訴。妳這麼做，比直接說妳不愛我了還要更殘忍，妳知道嗎？」

筱婷雙頰脹紅，久久不發一語。

不知是無法反駁，還是不想再反駁，最後她僅哽咽著說：「我知道自己是個差勁的女人，是我的錯。」

我搖搖頭，只覺心力交瘁，「不是，錯在陪妳去看雪的人不是我。」

「什麼？」她表情茫然。

硬是將已到喉間的話嚥回去，我深吸一口氣，「不管怎麼樣，我明白妳是怎麼想的了，也讓妳聽到我的心聲了。如果妳還願意和我走下去，我們可以重新開始，但我無法容忍那個男人繼續存在於我們之間，希望妳能換一份新工作。妳的意思呢？」

筱婷這一刻的沉默，已經讓我知道她的答案。

但我還是輕聲說：「妳好好考慮。」

然後我穿上外套離開，獨自找了間網咖過夜。

隔天一早，我收到筱婷傳來的訊息，她說她打算回家和母親住幾天，請我給她一段時間思考。

一個星期後，她告訴我，她決定搬出我們的住處。

我說好。

筱婷選了我在學校上課的時候回來打包行李，等我返回住處，她習慣擺在門口的那些鞋子都不見了。

她的物品已全數清空，唯一沒帶走的，只有貼在臥房牆上的雪景照。

那天晚上，我看著那張照片，打了通電話給她。

「筱婷，妳過去曾經說過，再也找不到比我對妳更好的人，也想像不出自己有天還會再愛上別人，記得嗎？」

筱婷在電話另一頭啜泣，不知道是爲了自己哭，還是爲了我而哭。

我有些疲倦地安撫她：「別哭了，我不是在怪妳，而是想跟妳說一件事。我們決定交往那天，我答應過妳，即使將來分手，還是可以作朋友，這個承諾我恐怕無法兌現了。不管再怎麼努力，我應該都無法跟妳變成朋友關係。我從來就沒有用朋友的角度看待過妳，所以不知道要怎麼做。」

說到這裡，我沒再聽見筱婷的哭聲。

她彷彿已消失在彼端，連呼吸的聲響都不可聞。

「從前我們相信一切都可以在自己的掌握之中，現在妳我都很清楚，有些事是不可控的，再多的努力也只是徒勞。當年我是眞的相信自己能永遠帶給妳幸福，而我也相信妳那時對我說的話是出自眞心，這樣就夠了，我們不用再認爲虧欠彼此什麼。」

「筱婷，再見了。」我輕聲向她道別，一直到我按下停止通話鍵，筱婷都沒再出聲。

我不知道怎麼在這間充滿兩人回憶的屋子繼續生活，不到一個月就決定退租，搬去離學校更近的小套房。

直至搬家前一晚，我才將Kite拍的那張照片從牆上撤下來。

遷入新居那天，偉杰特地找我出去吃飯，兩人東扯西聊，就是沒提到筱婷。

對於筱婷的移情別戀，我沒有多作說明，偉杰顯然也沒打算過問，我知道她再也不會出現在我們的話題裡。

搬完家隔日，我誰也沒有說，獨自搭機出國，這是我第一次去到國外。

回到台灣後的某一天，我順手開啓IG，又看見Kite上傳新作品。

這次照片裡的主角是一名手上拎著黑色垃圾袋的白衣老人。

聳立在老人左右兩側的老舊住宅高樓，與他矮小的身影呈現強烈對比，像是準備將老人一口吞噬掉的龐然巨獸，整個畫面充滿無法喘息的壓迫感。

大概是這次的照片質感很有香港電影的味道，多數網友自然而然認定拍攝地點是在香港，也有少部分網友猜測是在泰國，但我卻不那麼想。

一整排留言看下來，無人與我意見相同，我一時興起，首次在底下留言，寫下我認爲的答案。

我一直不知道自己寫下的答案是否正確，因爲一留完言，我就解除對Kite的追蹤，思索幾秒，又將IG從手機上移除。

無論是筱婷，還是Kite，從今往後都將只存在於我的回憶裡。

Chapter 04

從雲林抵達台北，我和偉杰在車站裡的連鎖咖啡店碰面。

偉杰盯著我眼下濃重的黑眼圈：「我還以爲我約了貓熊見面，你都沒睡覺嗎？」

「有啦，只是睡得很少。」我用指腹按摩太陽穴，試著緩解因睡眠不足引起的頭疼。

「你爸沒事了吧？」

「嗯，鄰居阿姨會幫忙照顧他，過幾天我再回家一趟。」

一週前，老家鄰居打電話通知我，爸爸騎腳踏車去買菜，途中不愼連人帶車摔進田裡，被送去了診所。

本來以爲只是皮肉傷，醫生卻在爲爸爸診療時察覺有異，要他去大醫院接受更精細的檢查，結果發現爸爸的主動脈阻塞，隨時有心臟病發的可能，當天就動了緊急手術。

我趕回雲林處理爸爸的手術事宜，偉杰正好打電話過來，說他幫我找的家教工作已經有了著落，而他一聽聞我正爲龐大的手術費用煩惱，二話不說便匯了一筆錢過來救急。

「有需要幫忙的地方再告訴我。」

「你幫得夠多了。我會盡快還錢，明天我就寫張借據給你，還有利息——」

見他面無表情冷冷朝我看來，我馬上噤聲。

「借你多少就還多少，一塊錢也別多。等你拿到家教收入，再一點一點還我就好。」偉杰從包包裡抽出一個牛皮紙袋放到桌上，進入正題，「如我那天在電話裡說的，我爸有兩個朋友有意為孩子請家教，我代你聯繫過他們了，也把兩名學生的基本資料和家長提供的薪資條件都列在上面，你看看對哪個有興趣。」

「好。」我取出兩份資料細讀，家教對象一個是十五歲的少年，另一個是十八歲的少女。

看到第二份資料薪資欄裡的數字，我笑著提醒偉杰：「你這邊多打了一個零。」

「我沒多打，這是對方一直以來開出的薪資。」

我下巴差點沒掉下來，「怎麼有人開出這種薪資？」

「如果你的表現能令對方滿意，也許還會有調高的可能。對方希望能找到一位長期配合的家教，直到這個女孩出國讀書為止，時間大約一到兩年。」偉杰說。

我瞪著那串數字，腦中忍不住開始盤算，如果能拿到這份薪水，不僅能更快還清欠偉杰的錢，爸爸後續的醫療費和照護費也暫時不用煩惱……

不過天下沒有白吃的午餐，我很快冷靜下來，謹慎地問：「會提供這種優渥薪資的家庭，對老師的要求一定也很嚴苛吧？」

「是沒錯，但這跟老師的背景或資歷其實沒多大關係，主要是這個女孩子的情況特殊，沒有哪個老師能帶她超過三個月。」

「爲什麼？她不好教嗎？」

我看著照片中的少女，她長得眉清目秀，是個美人胚子。

鍾可晴，這是她的名字。

「據說她學習能力不錯，只是從小體弱多病，十五歲起在家裡自學，陸續請了許多優秀的老師，就是沒一個能留得長久。」

「難不成她會欺負老師？」我猜測。

偉杰笑得意味不明，「誰知道？總之她的事已經傳遍補教界，現在就算她爸媽捧著大把鈔票，也很難找到合適的人選接下這份工作。」

「你認識這個女孩？」

「很久以前接觸過，但她對我應該沒印象了。我爸和她爸很熟，偶爾還是能從我爸口中聽到一點關於她的事。」

「先不論女孩本身的問題，我只是個再普通不過的碩士生，沒什麼漂亮的資歷，有辦法通過她父母的審核嗎？」

「你是我爸推薦的，鍾家一定會考慮。」偉杰很有把握。

「要是我失敗了，感覺很丟你爸的臉。」我苦笑。

「要丟臉也是丟我的。其實我爸介紹的只有那名男孩，鍾可晴是我自己想介紹給你的。」

我心裡更好奇了，「爲什麼你想介紹她給我？因爲她家開的薪資比較高？還是你想藉由我弄清楚她爲何換走這麼多老師？」

「都不是，我只是認爲你或許能勝任這份工作。不過，如果你不想把事情弄得這麼複雜，你大可以選擇那名男孩，他的情況單純很多，我馬上就能安排你跟他父母見面。」見我沒反應，偉杰又說：「如果你是對薪資不滿意，我再幫你談——」

「重點不在這裡。」我沉吟道，「從你的話聽來，你跟鍾可晴根本不熟，她父母也沒請你幫忙，你卻主動將這名棘手人物介紹給我，這不像是你會做的事。爲什麼？」

「你覺得現在是關心這個的時候嗎？」

儘管偉杰仍不正面回應，他這句話倒是順利讓我閉上了嘴。

我看著鍾可晴的資料陷入沉思，深知這個機會可遇不可求，也知道偉杰不會有意害我，更重要的是，縱使他願意幫我去向男孩的父母爭取，待遇也絕不可能比鍾家開出的更好。

如果是在爸爸病倒之前面臨這種抉擇，我會爲了長遠著想，優先考慮風險較小的選項，偏偏我急需一筆金錢，又偏偏是鍾家開出的薪資最能替我紓困。我越想越覺得這是天意，我注定要走上這條路。

看了偉杰一眼，我做了深次呼吸，決定接下鍾可晴的家教。

Chapter 05

某個週間中午，我依照約定的時間抵達鍾可晴父親任職的金融控股公司，不久鍾可晴的母親也風風火火趕到。

兩人在鍾父的私人會客室裡對我進行面試。

這對夫婦都給人精明幹練的印象，或許是因爲我是偉杰介紹的，他們沒有問我太多問題，很乾脆就錄用了我，鍾父還說，只要我可以撐過三個月，他就會爲我加薪。

看來前三個月果眞是關鍵期。

家教時間定在每週三晚上及週末兩天下午，下週三開始上課。

這場面試進行得比我想像中還要順利，也因爲太順利，反倒讓我覺得有點詭異。

事情談定後，鍾母說要去接待客戶，將後續交給丈夫就匆匆離開。從她進門到現在，這對夫妻的對話不超過五句，連眼神都鮮少有交會。

「柯老師，有件事我要先告訴你……」

聽鍾父這麼稱呼我，我馬上說：「您對我不用客氣，我和偉杰年紀一樣大，叫我諺文就行了。」

「好，諺文。我女兒個性比較倔，如果有冒犯到你的地方，你就當她是個不懂事的孩子，別跟她計較。我和她媽媽平時工作忙碌，抽不出時間陪她，請幫我們多照顧她。」

鍾父這番話明顯避重就輕，就算我追問，他應該也不會透露太多，於是我點頭應下，講了幾句禮貌的場面話，便起身向他告辭。

「鍾可晴的父親會給你建議，那還算不錯。」

偉杰在手機裡這麼對我說。

「這算建議嗎？」我完全聽不出來。

「對鍾家夫婦來說算了，這兩人一起出現，表示對你頗爲重視。」偉杰這句話似是應證了這對夫妻感情確實不太好，他又說：「對了，我忘了告訴你，我跟他們說你是同志。」

「你幹麼這麼說？」我大驚失色。

「爲了不引起一些無謂的麻煩。」

我哭笑不得，「有必要做到這種程度嗎？被抓包怎麼辦？」

「小心不被抓包不就好了？他們一家之前又不認識你，哪會知道你喜歡的是男生還是女生？」

我啞口無言，只得勉強接受偉杰強加在我身上的「人設」。

「但我還是不知道該注意什麼。」

「鍾可晴的父親不是給你建議了？」

「我想聽的是更實際的建議。」

偉杰想了想，「那我給你一個。別讓鍾可晴看出你在騙她，她討厭別人對她說謊，即使是善意的謊言，也盡量別說。」

「你怎麼會知道？她爸媽告訴你的？」

「依稀記得她本人曾經這麼說過，如果當年我沒認錯人的話。」

我越聽越糊塗，「認錯人是什麼意思？而且你要我假裝是同志，現在又要我別對鍾可晴說謊，豈不是自打嘴巴？」

「所以我才說別讓她看出來就行了。你如果能一直做她的家教下去，應該遲早會明白我剛說的那句話是什麼意思。恭喜通過面試，明天起我不在台北，有事傳訊息，我會再聯絡你。」偉杰說完就掛斷電話。

只是去教個課，怎麼會搞得這麼複雜？

我在心裡連嘆了好幾口氣。

時間很快來到第一次為鍾可晴上課的週三晚上，我在七點準時抵達鍾家。

鍾家位於台北市區的黃金地段，出捷運站走十分鐘，就能看見那棟豪宅大樓。在警衛室登記完資料，保全確認過我的身分，就讓我搭乘電梯到二十樓，我在一扇華美的門前摁下門鈴。

一名目測年約五十幾歲，穿著圍裙的婦人前來應門，她沒等我開口便說：「你是柯老師吧？請進。」

她將室內拖鞋遞給我時，我連忙自我介紹：「我叫柯諺文，請問您是？」

「我在這裡幫忙打掃家務，你叫我娟姨就好。我去通知可晴，你請稍坐。」她很快消失在開放式廚房旁的白色石材牆後方，似乎不想跟我多聊。

我坐在深藍色的精緻沙發上，看著腳下的北歐風地毯，再環視一塵不染的寬敞客廳，最後望向那一整片落地窗，從落地窗望出去視野極佳，可以清楚看見101大樓。

一陣不像是人類發出的急促腳步聲由遠而近傳來，我一回頭，某個龐然大物將我重重壓倒在沙發上，我嚇得驚叫出聲。

定睛一看，湊到我面前的是一張毛茸茸的狗臉，一對黑眼珠在牠的白色長毛中若隱若現，原來是一隻被養得很漂亮的英國古代牧羊犬。

一道溫潤的女性嗓音伴隨笑聲飄入我的耳中：「奧斯卡，不可以這樣，下來。」

穿著一襲碎花洋裝，容貌清秀的長髮少女站在白色石材牆前方，笑嘻嘻地看著我和那隻名叫「奧斯卡」的牧羊犬，我一眼認出她就是鍾可晴。

奧斯卡在她的令聲下從我身上離開，然而我一坐起，牠竟又跳上來撲向我，娟姨只好將牠帶離客廳，結束這場混亂。

「抱歉嚇到老師了，奧斯卡好像挺喜歡您，牠很少對陌生人這麼熱情。」鍾可晴爲我端上茶點，「您可以直接叫我可晴。」

「好的，可晴，請多指教，妳對我不必使用敬語的。」我邊說邊拉整了下被奧斯卡弄皺的襯衫。

鍾可晴巧笑倩兮，說起話來輕聲細語：「那我就不客氣嘍，很高興認識你，今後就請老師多多指教了。」

鍾可晴本人比照片上美麗，臉蛋白皙到幾乎沒有血色，再加上格外清瘦的身軀，確實容易給人體弱多病的印象。

本以爲她可能是名性情驕縱的千金大小姐，沒想到她端莊有禮，態度可親。只是一想到先前被換走的那麼多位家教老師，我不會以這短短幾分鐘的相處，去斷定鍾可晴確實如她此刻表現出的那樣溫和無害。

想知道鍾可晴是什麼樣的人，首要之務便是先透過談話認識她。

鍾可晴也對我相當好奇，從我的出生地、星座、興趣與專長，她都問得鉅細靡遺，像是想將我的一切全部摸透。

「老師，冒昧請問你，你是不是不喜歡女生？」

我差點被嘴裡的茶嗆到。

她察覺到什麼了嗎？還是我多心了，她只是從她爸媽口中聽說我的這項「人設」，所以在閒聊時提起？

「為什麼要這麼問我？」我努力保持笑容。

「我爸媽很少會為我找來男家教，更不可能聘用像你這樣的年輕男子。」鍾可晴解釋。

我頓時恍然大悟。

怪不得偉杰會向鍾可晴的父母撒那種謊，他幹麼不直接跟我說清楚？

或許是擔心正值青春期的女兒和男老師相處久了，容易出問題吧？這女孩又如此容貌出眾，她的父母會有這層顧慮，也是在情理之中。

「……原來如此，是啊，我是不喜歡女生。」硬著頭皮扯謊的同時，我也在心裡罵了偉杰幾句。

鍾可晴露出燦爛的微笑，「這樣啊，那是有人引薦你過來的嗎？還是我爸媽主動找上你的呢？」

「有個朋友知道我目前急需工作，就把我介紹給妳父親。」

可晴並未追問我那個朋友是誰，她關注的重點放在另一件事上。

「為了賺學費？老師現在是半工半讀對吧？」

「是啊，我還在念研究所。我父親前陣子開刀，而我的上一份工作正好結束，需要再找份穩定的收入，讓我父親安心養病。」

「原來如此，如果我能幫上老師的忙就好了。」鍾可晴回答得很誠懇。

我謹記著偉杰的叮嚀，除了騙她自己是同性戀這點，對於她的其他提問，我都盡量據實以告。我也問了可晴不少問題，唯獨不問她為何換過這麼多位老師，這個答案想必會在一段時間後自動水落石出，不急於探究。

上課地點在鍾可晴的房間，注意到我沒關門，她開口提醒：「老師，要是不關上門，奧斯卡隨時會跑進來搗亂，還是你比較想開著門？」

「我只是想，如果妳爸媽回來，或許會想看到我們上課的情形。」我謹慎地選擇措辭。

可晴像是看穿了我的心思，「放心，我爸媽分別會在週二和週四回來，其他日子都不在家。老師你可以放輕鬆點。」

我及時控制住表情，沒讓訝異的情緒外顯。

「妳父母不在的日子，家裡有其他人在嗎？」我刻意不問她的父母並未每日歸家的原因。

「娟姨會在，她每天都會來打掃家裡、幫我準備三餐，其餘時間就只有我一個人。」鍾可晴笑吟吟地坐在書桌前說。

我一時無語，起身走過去輕輕將房門掩上。

與可晴的首次相處既和諧又愉快。

她向我要了LINE，此後每一天我都會收到她的問候。這個女孩應該很孤單吧，想起她父親的請託，我便也會在LINE上陪她多聊幾句。

可晴的學習能力很強，她在課業上的表現不輸其他同齡學生，不僅一點就通，也會舉一反三，當她的家教非常輕鬆。

除了聰明，她也體貼到令人倍感窩心，知道我爸爸生病，她送上一整盒昂貴的滴雞精，要我帶去給爸爸補充營養，並不時關心他的情況。

可晴告訴我，上次她和父母三個人一起吃飯，已經是一年前的事了。因爲身體不好，她不能去太遠的地方，也鮮少有機會參加社交活動，自然沒有親密的朋友，平常能說話的對象就只有娟姨，因此她很高興我的到來，感覺像是多了一位哥哥。

「老師，我有件事想問你。」可晴一臉神祕兮兮，「你說你喜歡男生，其實是騙人的吧？」

講義從我的手中啪啦啦地掉落在地上。

我在可晴的凝視下滲出一身冷汗，明白這個謊言終有被戳破的一日。

我緩緩垂下肩膀，決定坦承一切，「可晴，對不起，我——」

她示意我噤聲，往緊閉的房門覷去一眼，「要是我爸媽知道了，一定會辭退你，不過你放心，我會幫你保密的。」

我原先以爲可晴會因爲我的欺騙而怒不可遏，馬上向父母告狀，沒想到她卻是這樣的反應。

「妳不生氣？」

「有什麼好生氣的？我能理解你爲何撒謊，只是你這個謊說得挺拙劣的，之前我問你有沒有跟哪個男生交往過，你支支吾吾說從來沒有，連暗戀的經驗也未曾有過。你會這麼說大概是怕我再深入追問下去，得用更多謊話來圓。可是以你的年紀來說，這太不合理了啦！」可晴的嘴角高高揚起。

我暗自爲可晴的聰慧敏銳感到心驚，卻也鬆一口氣，這段日子無處安放的罪惡感消弭不少。

「謝謝妳願意諒解，眞的很對不起。」

「要是老師走了，我也會很孤單。老實跟我分享你的戀愛史，我就原諒你。」可晴俏皮地眨了眨眼睛。

要對這麼善解人意的女孩繼續抱持警戒，實在太難了。

可晴既懂事又貼心，偏偏身體不好，每天只能關在家裡，連個稍微親近的朋友都沒有，父母也沒能時常陪在她身邊。

起初對這個女孩的諸多猜疑，如今已被疼惜所取代。

Chapter 06

下著雨的周三傍晚，我遠遠看見個頭嬌小的娟姨一手撐傘，一手提著沉重的購物袋，略顯吃力地步入可晴家那棟大樓，我趕緊上前幫忙。

平常對我總是帶著幾分冷淡的娟姨，這天在電梯裡，忽然主動向我搭話：「柯老師過來教可晴差不多已經滿兩個月了吧？」

我有些受寵若驚，連忙應聲：「對，時間過得眞快，謝謝您每次都爲我準備那麼美味的茶點。」

娟姨沒有接話，只隱約發出了一聲輕嘆。

我困惑地問：「怎麼了嗎？」

「你跟我兒子同年，又是個腳踏實地的好孩子，我勸你別在這裡做了，去找份新工作吧。」

電梯門打開，娟姨不再看我一眼，抬腳走了出去，我在門將要闔上的前一刻，才回過神跟上。

那天可晴像平常一樣坐在客廳迎接我，等我到了再一起進到她的房間裡。

得知我上週回老家，她又問起我爸爸的身體狀況，確定無恙後，她露出安心的笑容，將完成的習題交給我。

以往我批改作業時，可晴會坐在一旁安靜看書，這次我才改了幾題，她就從書裡抬起頭：「老師，可不可以問你一個問題？」

「當然可以，妳問吧。」我放下手上的紅筆。

「你之前說，在你十二歲那年，你媽媽趁只有你一個人在家的時候，和外遇對象私奔了，沒錯吧？」

經過這兩個月如兄妹般的相處，可晴對我算是有相當程度的了解，我也曾跟她聊過家裡的一些事。

當她提起這件事時，我不覺得被冒犯，只是略微意外。

「對啊，怎麼了？」

「你爸爸當時有哭嗎？他很傷心嗎？」

「嗯，偶爾半夜醒來，我會看見他坐在客廳喝酒，喝了酒便呆呆出神，眼眶通紅。」

「那你一定也有哭吧？」

「我嗎？我倒沒有。」

「爲什麼？難道你不難過？」

「當時我還小，什麼都不懂。」我下意識這麼回。

「但你媽媽離家時，你已經十二歲了，十二歲還算小嗎？我十二歲就懂很多事了，老師比我聰明，卻說你那時候什麼都不懂，有點讓人難以相信耶。好吧，就算是那樣，你起碼一定懂得你媽媽打算離開你們了吧？你有挽留她嗎？」

「沒有。」

「所以你是眼睜睜看著她提著行李走出你家？」可晴尾音微揚，「眞奇怪，既沒有開口阻止，也沒有因爲被拋下而痛哭，感覺老師不怎麼在乎自己的母親。」

見我沒有回話，她問：「老師，你生氣了？」

「沒有啊。」

「是嗎？我也是開玩笑的，怎麼會有小孩這麼想呢？如果是不了解老師的人聽到，說不定會以爲你是故意讓媽媽走的，那樣也太冷血了，你怎麼可能會是那種人？」可晴莞爾說完，若無其事地低頭回到書裡。

我愣愣地望著她，眼前女孩的面容竟似帶上了一絲陌生，直到她輕輕翻過下一頁，我才拾起紅筆，繼續批改習題。

隔天可晴又猝不及防問了我另一個問題。

這次她問起了筱婷。

「跟前女友分手後，你都沒想過要打聽她的消息？」可晴一邊坐在地上跟奧斯卡玩，一邊狀似無意地開口，「你不會不甘心？不會希望她受到懲罰，爲背叛你付出代價？」

「我沒那麼想，也不覺得有那種必要。」我搖頭。

「所以你是祝福她的？她離開你的時候，你有對她說過『祝妳幸福』嗎？有爲失去她而哭泣嗎？有沒有後悔讓她走？或是萌生挽回她的念頭？」

「都沒有。」

可晴靜靜看著我一會兒，「老師果然很奇怪，既沒有對劈腿的前女友懷恨在心，沒有爲她痛苦流淚，也沒有祝福她的離開，更沒有爲此後悔。你到底是怎麼看待這段感情的呢？我感覺不出你眞心愛過你前女友，她對你來說好像可有可無。」

這一刻，我確定不是自己多心，可晴確實變了。

過去她不會用這種咄咄逼人的方式跟我說話，與其說她是想更了解我，不如說她已經掌握哪裡可能會是我的痛處，刻意在上頭反覆踩踏。

我看著她的眼睛，平心靜氣反問：「妳認爲我沒有眞心愛過她，是因爲我沒有妳說的那些反應？」

「是呀，畢竟我也是女生，我懂女生的心情。雖然是你前女友先傷害了你，但我好像可以理解她爲何會離開老師。倘若看到你從頭到尾沒有任何表示，這麼乾脆地讓我走，我應該也會很心寒，覺得你果然沒有想像中愛我。」可晴歪了歪頭，豎起食指抵在頰邊，「這麼說來，說不定老師的媽媽也是這麼想的，如果你願意在她離開的前一刻說些什麼，結局可能會有所不同。她們或許會發現，原來她們在你心中有多麼重要，進而改變心意，決定留下來，這樣老師的爸爸就不會因爲失去妻子，夜夜傷心獨酌，老師的前女友也不會因爲絕望而去到別人身邊，不是嗎？」

在那張稚嫩卻明顯帶著惡意的臉龐面前，我說不出一句反駁的話。

Chapter 07

「家教工作遇上狀況了？」

站在捷運月台跟偉杰通電話時，他像是從我的聲音中聽出異樣。

我忍不住挑眉，「之前你每次去到國外，幾乎不會主動聯繫我，莫非你早就預料到我差不多該碰上問題了，這次才專程打過來？」

「你要這麼想也行。」偉杰低笑一聲，卻沒追問細節，只問了句，「情況很棘手？」

「有一點。」我點點頭。下一班捷運列車即將進站，月台上候車的人群變多了，連帶四周空氣也變得略微滯悶。「倘若我的想法正確，那我大概知道過去那些家教老師爲何沒辦法帶可晴超過三個月了。」

「你覺得你會變成那些老師之一嗎？」

我沉吟半晌，老實回道：「不知道，需要再觀察一陣。有任何決定，我會告訴你。」

收起手機，後方傳來爭執聲，我轉頭望過去，只見兩女一男互相叫囂，三人臉上都有酒醉的酡紅，男生更與其中一名女子有了較爲激烈的推扯動作，女子邊罵邊放聲大哭，不久兩名捷運警察出面介入，避免雙方衝突升高。

這一幕讓我有些恍惚。

「如果你願意在她離開的前一刻說些什麼，結局可能會有所不同。」

收到訊息的提示音響起，我回過神來，低頭察看手機。

爸爸又發燒了，醫生要他住院觀察幾天，鄰居阿姨說有事會再通知我。

雖然經手術撿回一命，但爸爸在田裡那一摔，摔出了其他毛病，原本身體還算硬朗的爸爸開始小病不斷，偶爾還會發高燒，醫生擔心引起併發症，要他定期回診，於是我拜託鄰居阿姨幫忙照護爸爸。

回訊息向鄰居阿姨道謝的同時，我想起這個禮拜要匯一筆看護費給對方，還要繳房租，也得先還一些錢給偉杰才行……

微微的暈眩襲上腦袋，我用力眨了下眼睛。

下一秒，我的手被人猛然抓住，手機差點從我手裡飛出去。

看清那人的面容，我先是詫異，而後欣喜地笑了。

「馨玫，妳嚇我一跳。」我對她嚴肅的神情感到不解，「爲什麼這樣看著我？」

「諺文哥，你在流鼻血。」馨玫的語氣帶著一絲慌張。

聞言，我抬手輕觸人中的位置，手指沾染上一抹溫熱的紅。

馨玫立即從包包找出面紙遞給我，並提議暫時離開人潮洶湧的捷運站，到外面透透氣，我同意了。

來到捷運站出口前，我的鼻血止住了，馨玫的目光仍久久停駐在我的臉上。

「你哪裡不舒服嗎？」她關心問道。

「沒有，幸虧妳及時出現，不然我掛著鼻血上捷運會很糗。」現在是週六下午六點，馨玫身上卻穿著學校制服，我問她：「今天還要上課？」

「對，白天學校有輔導課，結束後再去補習班。」

「辛苦妳了。」我環顧四周的補習班招牌，這區確實是不少高中補習班的聚集地，「妳上的補習班就在這附近嗎？是哪一間？」

「……不在這邊，我只是有事經過這裡。」她微微別過眼睛。

感覺馨玫似有難言之隱，我不好追問，便說：「我也是有事才到這附近，妳晚餐吃了嗎？對面有間麥當勞，如果妳不急著回家，要不要跟我過去吃點東西？」

馨玫將視線挪回來注視著我，輕輕點頭，「好。」

這是我第一次跟馨玫兩個人一起吃飯。

吃完薯條和漢堡，我拿起紙巾擦手，「自從上次在KTV幫妳二哥慶生後，就沒再見過妳了，而且妳沒有臉書，也沒有IG帳號，平時很難知道妳的消息。」

「諺文哥有事找我嗎？」馨玫捻起一根薯條望過來。

我笑著搖搖頭，「我的意思是，只有妳二哥偶爾帶妳過來，我才見得到妳。如今那傢伙老是往國外跑，見面的機會少了，妳也升高三了，課業壓力一定很重，難免會關心妳過得如何。今天見到妳氣色不錯，好像還長高了，我就放心了。」

「諺文哥倒是瘦了。」她清澈的眼睛凝視著我，「你看起來很累。」

「是嗎？可能是這陣子比較忙的關係。」我輕描淡寫帶過。

「二哥說，你現在在當鍾可晴姊姊的家教。」

馨玫這句話令我心中一凜，她稱呼可晴的口吻，可不像是在說起一個陌生人。

「妳認識可晴？」

「我們曾經就讀同一所小學，有段時間她很照顧我，後來她生病休學，休養半年後就轉學了，我們也沒再見過面了。但我一直記得她，當時她對我很好。」

「那是什麼時候的事？」

「我小學一、二年級時，她常趁著下課時間來班上找我，帶零食給我吃，放學後也會陪我玩。」

算算年份，那段時間差不多是偉杰家裡發生那件大事的時期，我讀過八卦週刊上的報導，偉杰也曾向我透露過一點。

我正猶豫著該不該換個話題，就聽馨玟問道：「諺文哥之所以那麼疲憊，是因爲鍾可晴姊姊嗎？教課進行得不太順利？」

我微微挑眉，「妳怎麼知道？」

「我有聽二哥說過她的事，其實我很意外二哥會介紹你去當她的家教。二哥告訴鍾可晴姊姊的爸爸，你會是她的最後一位家教，並且會讓她放棄等待。」

「這話是什麼意思？」我不解。

「你不是知道鍾可晴姊姊的事？」馨玟同樣露出困惑的表情。

「我知道她陸續換過很多位家教，卻不清楚背後原因，莫非有什麼不可告人的隱情？」

馨玟神情轉爲嚴肅，並未立即接話。

我又問：「這不能說嗎？」

馨玟點頭，「嗯，事關鍾可晴姊姊的名譽，她爸媽當年及時把事情壓下來，才沒有傳到媒體那裡，但認識鍾家的人差不多都略有耳聞。二哥把你引薦給鍾家，我以爲他會告訴你，既然二哥沒說，那我也不好說什麼……對不起。」

「沒關係，你二哥這麼做可能有他的用意，妳不用爲難。」我笑著換了個話題，「對了，妳別跟他說我今天在捷運站裡流鼻血，我只是最近太累了，沒什麼大不了的。但妳二哥這傢伙可能會大驚小怪，怕我哪天昏倒在家裡。」

馨玫也笑了，「好。」

我們一同回到捷運月台搭車，我問她要在哪站下車，她說的那站，離她家約莫二十分鐘捷運車程。

「妳假日是下午去補習班，這還算了，可是妳週二和週四上完補習班都晚上九點半了，回到家也晚了。有沒有想過找個家教？這樣更能專心讀書，也能省下通勤時間。」

馨玫頓了下才低聲說：「爸爸和二哥是有這麼建議過，但是大哥希望我去補習班。」

我一時語塞，又問：「那麼不去補習班的時候呢？妳都是在家裡念書？」

「平日沒補習的日子，放學後我會去K書中心，一樣九點半回家。週日如果沒跟同學約，也會在市區圖書館待到閉館爲止，我覺得在外頭念書效果比較好。」

馨玫雲淡風輕的語氣令我感到心疼，或許不是在外頭念書效果比較好，是她不想太早回家，她等會應該也是找個地方獨自待到九點半吧。

眼看再一站她就要下車，我問她：「妳家裡的門禁是幾點？」

「我家沒有明確的門禁……不過我十點半前一定會回到家。」

「那麼往後每個星期六，妳要不要像今天一樣跟我碰個面？我家教工作結束，妳補習班也差不多下課了。在妳回家前，我們可以一起吃頓飯，或逛街、看電影之類的。妳花在念書的時間已經夠多了，對考生來說，適度放鬆也是很重要的，我相信妳二哥也會贊同這一點。」我笑著對她眨眨眼。

馨玫沒有反應，像是怔住了。

我問她，這項邀約是不是讓她覺得困擾，她連忙搖頭。

「那我們加個LINE吧，見面地點我再通知妳。」

「好。」她小聲應下，有一會低著頭沒再說話，接著才像是終於下定了決心，抬頭迎向我的目光，「諺文哥，如果我把鍾可晴姊姊過去的事告訴你，對你的家教工作會有幫助嗎？」

明知這是揭開可晴身上謎團的好機會，我卻不曉得哪根筋不對勁，竟老實回答馨玫：「我也不知道。」

「那你想聽聽看嗎？」

「想是想……但妳怎麼突然改變心意了？」

「因爲我有點想幫助鍾可晴姊姊。」馨玫手指捏緊了書包背帶，「二哥不會做沒意義的事，他安排你去到她身邊，應該是有特殊的用意。如果讓你知道那件事，對鍾可晴姊姊是有益的，我就該這麼做。」

「妳想幫助可晴，是因爲她曾對妳好？就算她可能早就不記得妳了？」見馨玫輕輕點頭，我的心一下子變得柔軟，由衷說：「妳眞善良。」

馨玫害羞得低下了頭。

「謝謝妳有這份心，妳該下車了，別在外面逗留太久，早點回家休息。可以的話，到家後傳個訊息給我，好嗎？」

本來還有點擔心馨玫會不會覺得我管太多，沒想到她卻溫順地答應。

其實我與馨玫說不上有太多交情，只是她畢竟是偉杰的妹妹，也或許是憐惜她那種寧可待在外面，也不想早點回家的處境，所以無法放下她不管。

「聽到他說他需要我，我就怎樣也放不下他。」

筱婷說過的話驀地在我心中響起。

馨玫下車離去後，我走到一旁的空位坐下，闔眼思考起今日的種種。

下午上課的時候，可晴繼續對我說話帶刺，明顯就是想激怒我，且程度越加變本加厲，讓我再也做不到無動於衷。

儘管娟姨在場，可晴也毫不避諱。娟姨並未介入我們之間的對話，她保持沉默，看著我的眼神偶爾略帶幾分無奈，想必她早就知道事情會如此發展，之前才會在電梯裡要我盡早求去。

這應該是可晴一貫的手法吧，利用前兩個月與家教老師拉近距離，讓對方對她敞開心懷，等到時機成熟，就態度驟改，毫不留情地猛烈攻擊對方的脆弱之處。

如果她只是想趕我走，大可直接向父母告狀，說我謊稱自己是同性戀，但是她沒有。可能是打算逼我主動請辭，過去那些老師，想必都是這樣被她逼走的。

我無法埋怨偉杰，雖然他沒有把所有的隱情都告訴我，但他並未隱瞞先前許多位家教都做不久的關鍵重點，況且最後決定接下這份工作的是我。只是我不明白，他當初爲何要對可晴的父母那麼說？他是眞心認爲我會是可晴的最後一任家教？還是他搬出這套說詞純粹是爲了說服可晴的父母雇用我？

或者是像馨玫說的，偉杰此舉另有其他用意？

我很想找偉杰問個清楚，卻累得連伸手點開手機螢幕的力氣也沒有，整副身軀就像洩了氣的皮球，軟趴趴的，除了呼吸什麼也做不了。

闔上眼皮即將睡去之際，一道低低的歌聲飄進我昏沉的意識裡。

我勉強睜開眼睛，發現原本坐在隔壁的中年男人，不知何時已換成一名年輕女生，她低頭滑手機，嘴裡低聲哼著一段我再熟悉不過的旋律。

她的歌聲柔和悅耳，我忍不住越聽越是專注，腦中甚至隨著她所哼出的段落，自動浮現與其對應的歌詞。

我一個人吃飯　旅行　到處走走停停
也一個人看書　寫信　自己對話談心
只是心又飄到了哪裡
就連自己看也看不清
我想我不僅僅是失去你

〈葉子〉詞／曲：陳曉娟

我略微斜眼瞄去，瞥見女孩左手食指有一塊小小的刺青，是用極簡單的紅色線條勾勒出的一朵玫瑰花，與她纖細漂亮的手指十分相襯。

女孩穿著牛仔連帽外套、膝蓋處破洞的黑色長褲，以及一雙染上幾塊灰色汙漬的米色帆布鞋；她的肩膀和髮尾濕濕的，像是不久前淋過一場雨。

亮褐色的及肩頭髮蓋住了她的側臉，儘管看不見五官，也能看出她應該相當年輕。

說也奇怪，女孩哼歌的音色，竟與可晴不可思議地相似，感覺就像是可晴坐在我身旁唱著歌。

不久那女孩摘掉耳機，背起放在腿上的背包起身，頭也不回地走出到站開啓的車廂門，轉瞬間消失在人群裡。

我揉揉酸澀的眼睛，坐直了身子。此時，坐在我另一邊的陌生婦人，伸手拍了下我的肩，遞給我一張照片。

照面裡的畫面是落在灰色壓花地磚上的一片綠色葉子，我能認出那應該是玫瑰花的葉子。

婦人告訴我，這是剛才哼歌的那個女孩要給我的，說那是我遺落的東西。

「我遺落的東西？她眞的這麼說？」我微微皺眉。

「對，她請我等她離開後，把這張照片轉交給你。」見我滿臉問號，婦人也納悶起來，「你們不是一起的？」

「不是，我不知道她是誰。」由於沒看見女孩的長相，我也不能確定自己到底認不認識對方。

「這就怪了，她說不想吵醒你，才請我幫忙。如果你們並不認識，她又爲何在你睡著的時候，拿相機拍你？」

「她剛剛拿相機拍我？」

「是啊，所以我才會以爲她是你的女朋友。她看上去挺正常的呀，難道她是跟蹤狂？你要不要小心一點？」婦人有點替我擔心。

「請問她長什麼樣子？」

「很漂亮，也很可愛，大約十八到二十歲左右，笑起來有酒窩。」

聽到婦人前面的敘述，我腦中閃過了可晴的臉，但婦人又說對方有酒窩，我馬上確定不是可晴，卻想不出有哪個認識的人符合這些條件。

看著那張照片，憶起神祕女孩哼唱的那首〈葉子〉……這是巧合嗎？我手臂上起了一大片雞皮疙瘩，同時心跳加快。

那個女生究竟是誰？如果可以，我很想找到她。

Chapter 08

「老師，從前你最常和你媽媽一起做什麼事？」可晴摟著抱枕，坐在床上問我：「是去市場買東西？還是帶你去公園玩？你應該還有印象吧？」

我注視桌上已經涼掉的茶點，沒有半分食欲。

「看偶像劇。」

「偶像劇？哪一齣偶像劇？」

「《薔薇之戀》，女主角是S.H.E的Ella，播出那年妳才五歲，妳應該沒聽過。這齣戲當年很紅，我媽是忠實觀眾，每週都會按時收看，我也跟著她一起看。」

「原來如此，感覺老師的媽媽是個浪漫的人。」

我同意，「算是吧。」

「她是在那齣戲播完之後才離開你們家的嗎？」

「不是，當時才播到一半。」

「那你有繼續收看那齣戲嗎？」

「嗯，我一直看到最後一集。」

「我想也是。老師一點也不在乎媽媽，自然不會因此觸景傷情。如果是我，一定會在追劇的過程中不斷想起她，傷心得看不下去，說不定還會從此討厭那齣戲。但像老師這樣也不錯，比起憎惡，無動於衷才是最難做到的，我真羨慕老師在讓爸爸媽媽傷心之後，還能不帶著罪惡感，繼續泰然自若地生活下去。」可晴眼睛裡閃爍著惡意的光，「我很好奇那齣戲是有多好看，讓老師就算被媽媽拋棄了，也堅持把戲看完。」

接著她拿起手機按了幾下，一段清脆乾淨的琴聲響起，我握著紅筆批改習題的手指頓時定住了。

可晴安靜聽完了整首歌，才微笑看著我說：「這首〈葉子〉是我剛剛在YouTube上找到的，是這齣戲的片尾曲，還眞好聽。老師覺得懷念嗎？有沒有讓你想起更多和媽媽的回憶呢？」

我轉頭望向可晴，明明她臉上沒有酒窩，我仍忍不住問：「妳上週末傍晚有搭捷運去哪裡嗎？」

可晴歪著頭說：「當然沒有，我就算出去，頂多也只是帶著奧斯卡在樓下中庭散步。老師你不是知道我幾乎不外出的嗎？怎麼還這麼問？」

「沒事，抱歉。今天的課就上到這裡，妳不用出來送我了。」我硬生生結束話題。

「嗯，老師明天見。」她低頭滑手機，不再理會我。

過去可晴總是堅持要去到客廳門口送我離開，隨著三個月即將期滿，她連表面工夫都不做了。

進到捷運車廂裡，那首歌的旋律還在我腦中徘徊不去。我打開包包，取出那張夾在手帳裡的照片看了一陣，依然理不出頭緒。

不管是《薔薇之戀》這齣戲，還是〈葉子〉這首歌，今天對可晴說出口之前，我不曾向別人提起，連筱婷也對我的這段過往不甚了解。

既然如此，爲什麼那個女孩會說這張照片是我的東西？還這麼剛好在那時候哼唱著這首歌？無論是惡作劇，還是巧合，都令人難以相信，我怎樣也想不出一個合理的解釋。

「我眞羨慕老師在讓爸爸媽媽傷心之後，還能不帶著罪惡感，繼續泰然自若地生活下去。」

我很沮喪。

即使對可晴坦誠相待又如何，不過是給予她更多傷害我的機會，想必接下來的日子，她都會繼續緊咬著這一點不放，逼得我主動請辭爲止。

我站在手扶梯上，看見在下方月台等候我的馨玫，抬手向她揮了揮。

上週說好這週六要帶馨玫出來走走，我首先想到的活動是逛夜市。

明明台北有那麼多夜市，對馨玫發出邀請後，我才驚覺自己下意識選了士林夜市，在我收回訊息前，馨玫便已讀了，並且同意了。

從前筱婷的學校就在士林，我們時常一起去逛士林夜市，與她分手之後，我就沒再去過那裡。

馨玫在車廂裡問我：「諺文哥很喜歡士林夜市嗎？」

我沒有全然說出實話：「也稱不上喜歡……只是覺得士林夜市最知名，就選了那裡，下次我帶妳去我家那邊的夜市，地瓜球和烤魷魚很好吃。」

馨玫點點頭。

捷運車廂似乎有種讓我放鬆下來的魔力，一找到空位坐下，我便有了睡意。趁著馨玫在看手機，我闔上眼皮，打算稍微閉目養神一下。

然而等我再次睜開眼睛，卻聽到車內廣播淡水即將到站，我瞬間驚得睡意全無。

「淡水？不會吧？」我連忙扭頭問身旁的女孩，「馨玫，妳怎麼沒叫醒我？」

「我剛剛也不小心睡著了。」她低聲回。

我忍不住噗哧一笑：「這該怎麼辦？我們坐回去吧？」

「我有點想去淡水，諺文哥不介意的話，我們就去淡水走走好嗎？」

我頗爲意外，但還是答應了。

走在熱鬧的淡水老街，我幾次將目光放在馨玫身上，最後還是嚥下了已經到嘴邊的話。

「妳常來淡水嗎？」我問她。

「今天是第二次。第一次是二哥帶我來的。」

「他什麼時候帶妳來的？」

「我小學三年級的時候。」

「這麼久以前啊？」我在心中推算，那時偉杰也才高二吧。

「嗯，那天二哥來學校接我放學，帶我過來淡水，他請我吃很多好吃的東西，還買了娃娃送我。」

「眞是個好哥哥。」我笑了笑。

「那是二哥第一次帶我出去玩，也是他第一次跟我說話。」馨玫停頓了下，「雖然二哥對我很好，但當時我心裡其實很害怕。」

「爲什麼？被他那張面無表情的臭臉嚇到了嗎？」我打趣道。

「不是，我以爲二哥打算把我丟在這裡，不讓我回去。」

馨玫說完，走到賣豆花的攤位，買了兩碗冰豆花。

我默默凝視她的背影，見她將找回的零錢全數投入捐贈箱中，才發現她也染上跟偉杰一樣的習慣。

我們找了張長椅坐下，邊吃豆花邊眺望淡水河。

「妳是知道我喜歡吃豆花，才特意買的嗎？」

「嗯，二哥說你一個禮拜至少會吃三次。」

「他連這種事都告訴妳啊？他是不是在妳面前說了我很多壞話？」

馨玫馬上搖搖頭，神態認眞得有點可愛。

「妳不用護著那傢伙啦。」我繼續半開玩笑說。

「是眞的！二哥說，他不喜歡的人很多，不想再見到的人也很多，而你是他少數願意主動保持聯繫的朋友，他一直都很欣賞你。」

意外聽見偉杰對我的看法，我不免有些訝異。

筱婷以前也強調過偉杰很欣賞我，對待我的態度特別不同。我確實可以感覺得出偉杰對我的看重，只是我始終不明白優秀的他究竟欣賞我哪一點？也始終認爲我對他的欣賞，絕對遠比他對我的還要多。

「要是那傢伙知道我失敗了，想法也許就會不一樣了。」我不無感慨地說。

馨玫敏銳地聽出我話裡的意思，「你是指鍾可晴姊姊嗎？」

「是啊，我相信妳二哥是眞心認爲我能改變可晴，才介紹我去當她的家教。可惜這次我讓他失望了，也讓妳失望了。」

她匆匆否認：「沒這回事。這麼說……你打算辭職了？」

我沒回答，我心中尚未做下最後的決定。

「你還會想知道她從前發生過什麼事嗎？」

「可晴會變成這樣，與那件事有關？」

馨玫點頭，「我覺得應該是，自那件事之後，就沒有哪位家教老師能教她超過三個月，二哥想必也是這麼認爲。」

我猶豫片刻，「那我聽聽看吧，雖然可能改變不了什麼，不過我還是想知道緣由。」

後來的十五分鐘，我都在聆聽馨玫講述可晴的過去。

她說完後，我呆了好一會才有辦法出聲。

「妳能不能再告訴我一次那個人的名字？」

「許尙洺。言午許，和尙的尙，最後一個字，右邊是水字旁，左邊是名字的名。」

馨玫準確說出我心裡所想的那個名字。

「你二哥有沒有說他認不認識這個人？」我喉嚨發乾，希望那其實是不同的兩個人，只是剛好同名同姓。

「他說那個人跟你們念同一所大學。」

我驀地感到一陣輕微的暈眩，忍不住閉上眼睛。

原來是這麼一回事。

偉杰爲何介紹我去當可晴的家教，又爲何向她的父母宣稱我會是她最後一任家教，現在我總算明白了。

回程路上，大概是見我面色凝重，馨玫貼心地沒有出聲打擾。

快要下車時，她才輕輕拉了一下我的衣服，表示自己要先走了。

「今天很抱歉，下次再帶妳去士林夜市。」我誠懇地對她說。

「沒關係，去諺文哥家附近的夜市就好，我想吃吃看你推薦的地瓜球和烤魷魚。」

聞言，我莞爾一笑，「妳今天是故意不叫醒我的吧？妳察覺到我其實並不想去士林夜市，才由得我睡過站，然後假裝自己也不小心睡著了。」

馨玫眼底閃過驚慌，「你是什麼時候發現的？」

「算是半猜半矇的吧。妳說妳想改去淡水走走，這很不像妳，自從認識以來，妳幾乎不曾主動表示自己想要什麼，總是以我和妳二哥的意見爲主。」

她的臉頰迅速浮上兩朵紅雲，略微低下頭，「對不起。」

「這有什麼好道歉的？妳曉得士林夜市對我和筱婷有特別的意義，怕我觸景傷情吧？妳很貼心，也很爲別人著想。如果可晴能得知妳至今仍記著她過去對妳的好，也還關心著她，讓她感受到妳這份溫柔的心意，我想情況或許會變得不一樣。」

馨玫將頭垂得更低了些，沒有接話。

「下週見嘍。」車廂門開了，我向她道別

「下週見。」

馨玫小聲說完便步出車廂，站在月台上對我揮手，看著我的眼神異常專注，纖細的身影隨著列車駛離消失在黑暗之中。

翌日家教工作結束後，趁著可晴還在房間，我走到正在客廳打掃的娟姨身畔。

娟姨在鍾家工作超過十年，對可晴的過去想必很清楚。我向她表明有要事想與她商量，請她務必抽點時間給我。可能是認爲我決定辭去家教，娟姨答應了。

我在鍾家樓下等娟姨下班，等到她之後，我告訴她，我已經知道可晴的那段過去，想了解更多有關她與她的第一任家教之間的事。

娟姨一改以往的淡漠，神色變得嚴肅無比。

「你爲什麼想知道這些？」

「因爲我也認識許尙洺。」我回答。

❄

三天後，晚上八點，我坐在市中心的一間居酒屋裡等人。

一對身著白襯衫黑長褲的年輕男女，從對面的不動產公司走出來，手牽手踏進店裡。

男子一看到我，立即衝上前給了我一個大擁抱。

「學長，好久不見！」容光煥發的尙洺拉過他身旁的女子，笑容滿面道：「她是我的女朋友林靜妍，堅持一定要過來跟你打聲招呼。」

「學長你好，很高興見到你。如果你或者你認識的人，最近有想買房、賣房，歡迎與我聯絡。」林靜妍性格開朗活潑，她不失恭敬地遞給我一張名片。

「喂，妳怎麼一逮到機會就向我學長拉生意？而且妳不是還要趕著去跟妳妹拿東西？怎麼坐下來了？」尚洺斜了女友一眼。

「我沒想到學長本人比照片上更好看，想跟他多聊一會。」林靜妍笑嘻嘻道。

「夠了喔，快點走，別打擾我和學長吃飯。」尚洺故意板起臉，眼底的笑意卻藏不住。

林靜妍離開後，我問尚洺：「你們交往多久了？」

「這個月剛好滿一年，我早就想介紹靜妍給你認識，可惜一直找不到機會。」

「看得出你們感情很好。」

尚洺靦腆一笑，「嗯，我很喜歡她，也有想跟她結婚的念頭，所以得趁現在努力賺錢，過幾年再向她求婚。對了，你和你女朋友過得好嗎？」

「我們分手一段時間了。」

尚洺先是呆住了，慢慢才收起驚訝，關心問道：「你還好吧？」

「我很好，很高興看到你遇到好對象，你們很相配。」

大概是顧慮到我，尚洺沒有順著我的話聊下去，而是拿起點單提議：「學長，明天我休假，今晚我們喝一杯。上次跟你喝到通宵，是你搬出宿舍前的事了吧？」

尚洛是我大學時期的直屬學弟。

與我來自同鄉的他，家境不好，卻是我見過最認眞上進的好青年。

他在校雙主修，拿過多次書卷獎，惹來同學眼紅，大一和他同寢的室友經常出言羞辱他，甚至故意破壞或藏匿他的私人物品，幾次跟校方反應無用，他只得找我訴苦。我向校方提出申請，與尚洛交換寢室，尚洛對此相當感激，往後也與我更親近，偉杰也見過他一兩次。

因爲了解尚洛的爲人，當我聽到馨玫及娟姨口中敘述的他，我一度不敢置信，希望是弄錯了人。

「今天先不喝酒，我有重要的事想說。」

尚洛一愣，放下點單，「怎麼了？難道學長碰上什麼麻煩？」

「你認識鍾可晴這個女生吧？」

尚洛的臉色頓時刷白，頭頂的燈光將他眼底的失措照得清晰可見。

「學長認識她？」彷彿想試探我了解多少，尚洛壓下情緒，故作鎭定地反問。

「我是她現在的家教。」迎上他再一次難掩驚詫的眼神，我繼續往下說，「在我之前，她已經惡意逼走多名家教。我意外得知，她之所以這麼做，與她的第一任家教有關，而她的第一任家教就是你。當年你和可晴之間的事，我都聽別人說了，現在我想聽聽你本人的說法。」

尚洺臉色脹紅，沒有勇氣繼續直視我。

「既然你都知道了，還要我說什麼？」

「你當年是怎麼應徵上這份工作的？畢竟鍾家不是一般家庭，如果沒有認識的人牽線，應該不得其門而入。」

「對，是我同學介紹的，他媽媽和可晴的媽媽是老朋友。我同學人很好，知道我在找打工，可晴家裡給的待遇不錯，所以就就請他媽媽幫我牽線。那年可晴剛開始在家自主學習，我每週固定教她三天，然後，然後……」

見他沒說下去，我接腔：「然後你就和可晴戀愛了，還犯了錯。」

尚洺眼角猛地抽動，脫口而出：「學長，當時我和可晴是眞心相愛，可晴也是心甘情願的。」

「只要她未滿十六歲，你的行爲就是犯罪。她爸媽不想把事情鬧大，決定不向你提告，已實屬萬幸。可是我不懂，你明明是這麼嚴謹的一個人，怎麼會犯下這樣的錯誤？」

「我也覺得自己瘋了，我那時喜歡可晴喜歡到失去判斷能力……我沒有辯解的餘地，我無時無刻都在後悔，這件事是我人生中最大的汙點。」一絲哽咽從尚洺的喉嚨溢出。

「如果那時我沒去當兵，你會讓我知道嗎？」

尚洛苦笑：「我其實很慶幸你去當兵，我並不想讓你知道這件事，我怕你會對我失望。我深知自己做錯了，假如時間能重來，我不會踏進鍾家。」

「你要是眞這麼想，爲什麼還要跟可晴聯絡？」我的語氣嚴峻起來，「如果只是得知這段過往，我不會專程來找你，就算見到你，我也會裝作不知情，但是你竟然到現在都還在偷偷跟她聯絡，爲什麼？」

「我只是想關心可晴。我一個月傳一次訊息給她，都是非常簡單的問候，就算她回我，我也沒再回應，眞的！」他努力解釋。

「你這是多此一舉，她會趕走這麼多位家教，就是在告訴父母她非你不可，以爲這麼做遲早能讓你回到她身邊。看到她這個樣子，你難道不心痛愧疚嗎？倘若你眞的爲她著想，就不該再給她半點不該有的希望！」

餐桌上陷入靜默，尚洛的手機響了，他拿起一看，面有難色地開口：「學長，靜妍說她妹妹臨時得要加班，就不過去找她妹妹了。她問方不方便回來加入我們……」

想對尚洛說的話已經說得差不多了，在這種氣氛下也不可能和樂融融用餐，我放緩口氣回：「你幫我轉告她，我突然有事必須先走，有機會再一起吃飯。」

臨走前，我深深看了尙洛一眼，「別再傳訊息給可晴了，只有你完全放手，她才能重新開始。珍惜你的女友，不要做出讓她傷心的事。」

那天與娟姨聊過，我才知道可晴的父母爲了讓她放棄等待尙洛，用盡了各種方法，甚至請人拍下尙洛和林靜妍出雙入對的照片給可晴看，想讓她徹底死心。

但或許是尙洛持續做出關心可晴的舉動，她才始終無法眞正放下。

尙洛仍與可晴保持聯絡一事，可晴只告訴娟姨一個人，當娟姨得知我與尙洛熟識，便希望我能勸阻尙洛，停止給予可晴任何不切實際的期待。

想像終日被困在家中難以外出的可晴，在目睹尙洛與女友的親密照片時，會是如何心碎，我便無法責怪可晴逼迫其他家教去職的行徑。往後即便她再對我說出更多殘酷無情的話語，我也不會生氣，只會爲她感到更深切的心酸。

❄

「下次老師回家看你爸爸時，可不可以帶我一起去？」

那是我擔任可晴的家教將滿第三個月的最後一個週六，可晴突然問我。

「妳想跟我去雲林？爲什麼？」我扭頭看她。

「我想當面問問你爸爸，是否知道妻子當年離開的眞相？要是他得知自己的兒子眼睜睜看著母親與別的男人私奔，卻在一旁默不作聲，不知道會怎麼想？我爸應該會同意讓我偶爾外出一趟，老師你呢？你會同意讓我跟著你回雲林嗎？」

「好。」

大概沒料到我會這麼爽快答應，可晴像是愣住了。我放下手中的筆，轉動椅子，面向坐在床沿的她。

「就算妳把眞相告訴我爸爸，我也不會後悔自己做過的事。直到今天，我依然認爲當年放手讓我媽媽離開，是正確的決定。妳覺得我的這個舉動很無情也沒關係，畢竟這是事實，而我不會爲事實辯解。」

可晴的笑容消失了，她用我不曾見過的冰冷眼神盯著我看。

「之前妳說，只要我願意開口挽留我媽和我前女友，她們就會回到我身邊，這個假設有一項非常重要的前提，那就是她們必須心裡還有我。我媽有了情人，她愛他勝過愛我和我爸；我的前女友也一樣，她愛另一個男人勝過愛我，因此她們決定離我而去。在這種情況下，我的等待和付出，是沒有意義的，對一個心裡已經明顯沒有我的人來說，再多挽留和眼淚，只會徒增對方的困擾與負擔。」

儘管可晴努力表現得冷靜，她的眼角仍不受控制地抽動一下。

我知道這些意有所指的言詞，深深刺進了她的心。

「我不是不會傷心，只是很快接受了對方變心的事實，無論我再怎麼不情願，再怎麼悲傷，都不會對現實有任何幫助。我在十二歲時就體悟到越早認清現實，就能越早走出傷痛，重新開始。雖然要實際做到並不容易，但既然我可以，我相信妳也一定可以。」

我看了可晴一眼，她臉色很難看，緊緊咬著下唇。

我沒理她，逕自往下說：「我知道妳一心想趕我走，所以才會對我這般出言不遜，我們就開誠布公說清楚吧，要是妳眞的那麼厭惡我，從今往後，我們公事公辦，不必有其他交流，只要在上課時間盡到各自身爲師生的本分就好，妳覺得如何？」

「你憑什麼認爲我還會想再上你的課？你又爲什麼還願意替我上課？」徹底卸下假面具的可晴，眼裡只剩下冷冰冰的怒意，「你這個人都沒有尊嚴的嗎？」

「我剛才說了，我是個很快就能認清現實的人。目前我所要面臨的現實就是，我需要當妳家教的這一份收入，好安頓我父親的生活，這是現階段最重要的事。妳的行爲固然令我難過，但我個人的情緒不會比我父親的事更重要。殘酷的現實當前，尊嚴無法當飯吃，因此我欣然接受妳討厭我的事實，也不會勉強妳繼續在我面前裝乖。不管妳怎麼做，我都不會主動請辭的，除非妳親口要我滾。」

我最後一個字才說完，可晴便霍地從床沿站起，面紅耳赤地瞪著我。

「出去！」她朝我大吼：「我不要再看見你，立刻從我家滾出去！」

看著似乎就快哭出來的可晴，我一語不發收拾好東西，提著背包步出房間。

娟姨聽見可晴的咆哮，不知所措地站在房門口。

「娟姨，我做到今天爲止，謝謝妳這幾個月的照顧，晚點我會聯絡可晴的父親，向他說明。」接著我上前一步，用只有我和娟姨聽得見的音量補上一句，「之前請妳幫忙的事，就拜託妳了。」

奧斯卡搖著尾巴跟著我來到門邊，我俯身摸摸牠的頭，又很快直起身，果斷地離開鍾家。

一個小時後，我來到家裡附近的夜市入口處，與馨玫會合。

我帶馨玫去吃了地瓜球和烤魷魚，再帶她去玩遊戲。

看著蕩漾在馨玫臉上的笑意，我懷疑這很可能是她第一次玩夜市攤販的遊戲，只是拿飛鏢射氣球就讓她玩得不亦樂乎。

這也令我改變主意，不想在此刻說出自己已被可晴辭退。馨玫性格體貼，她一定會顧慮我的心情，不好意思繼續吃喝玩樂。

「只吃地瓜球和烤魷魚，好像不太夠。」我轉頭問她，「馨玫也是吧？妳還有沒有想吃的東西？儘管開口，不可以說諺文哥想吃什麼就吃什麼喔。」

馨玫驀地臉上一紅，似乎被我說中了心思。

「那我想吃魷魚羹麵。」她慢吞吞地說。

「好，走吧。」我領著她走向附近的麵館。

擔心馨玫吃不飽，我點了兩碗麵後，又點了兩盤小菜，再用餐巾紙仔細擦拭過矽膠筷後遞給她。

馨玫怔怔地看著我，沒有接過筷子。

「怎麼了？」我有些疑惑。

「沒有，謝謝諺文哥。」馨玫說完便用雙手接過筷子，臉頰又泛上一層薄薄的紅暈，眼中閃爍著微妙的光芒。

吃完麵後，我們繼續在夜市裡逛了一會，我問她：「還有什麼想吃想玩的嗎？」

馨玫四處張望了下，突然猛地抓住我的手，用力拽著我去到路邊的騎樓下，我一個踉蹌差點跌倒。

「妳怎麼了？」我嚇一跳。

「我、我看到這裡在賣鑰匙圈，想要買一個。諺文哥，你來幫我挑好嗎？」馨玫指著在騎樓下擺攤的店家，表情和語氣都僵硬無比。

而我很快就找出馨玫行徑古怪的原因。

某個我再熟悉不過的身影，出現在我和馨玫方才走過的地方。

許久不見的筱婷勾著一個男人的手，兩人有說有笑，互動親暱，看起來既幸福又甜蜜。我認出那個男人就是筱婷的老闆。

那兩人迅速被人潮淹沒，正低頭裝作興致勃勃挑選鑰匙圈的馨玫，大概不曉得我已經看見他們了。

壓下胸臆間翻騰的情緒，我從攤子上拿起一個小貓造型的鑰匙圈。

「那我選這個，我送妳吧。」在馨玫開口回絕前，我搶先說：「以免妳二哥嫌我小氣，說我帶妳出來玩，連個小禮物都不買給妳。」

我們都知道偉杰絕對不會說這種話，馨玫卻沒爲偉杰辯解，默默收下鑰匙圈。

直到離開夜市，馨玫都小心翼翼將裝著鑰匙圈的小紙袋捏在手上，像在對待什麼珍貴的物品。

「謝謝你請我吃東西，還送我禮物。」馨玫站在捷運入口對我說。

「不客氣，我也謝謝妳。」我指的是她不想讓我目睹筱婷與新男友走在一起的體貼心意。

但是馨玫並不明白，「諺文哥謝我什麼？」

「謝謝妳陪我逛夜市啊。」我隨口編了個理由，「對了，有件事要跟妳說，今天是我最後一次替可晴上課，我被她辭退了。」

「什麼？」馨玫錯愕不已，「難、難道你在我告訴你鍾可晴姊姊的事之後，對她說了什麼？」

「嗯，我對她說了重話，她很生氣。這個結果本來就在我的預料之中，妳不必放在心上，妳二哥那邊我會自己跟他說。」

「那……」馨玫欲言又止，最後還是吞下了原本想說的話，只點點頭，「我知道了。諺文哥，你辛苦了。」

送走馨玫之後，我拿出手機聯繫可晴的父親，向他解釋情況，並正式請辭。

❄

隔天，我接到娟姨打來的電話，一結束通話，我立刻約了尚洺晚上見面，地點選在我很常去的一間咖啡館。

尚洺準時赴約，坐在我對面的他，心虛地避開我的視線，嘴邊擠出不自然的笑容，「學長，找我有事？」

「你明知故問。」我冷淡開口，「你今天為什麼又傳訊息給可晴？我不是要你別再這麼做了？」

尚洺沒有辯解，方才的心虛像是一下子消失了，臉上表情全無。

「可晴跟你說的？」

「當然不是。因為你，可晴先後逼走多位老師，也包括我，你怎麼會認為她會跟我說這件事？況且誰跟我說的重要嗎？」

尚洺依舊沒有流露出半分情緒，僅說出一句在我聽來意味不明的道歉：「對不起，學長。」

「你究竟為什麼要這麼做？」我隱約察覺尚洺與可晴保持聯繫的真正原因，可能並非如他先前所言。「你真的是出於關心可晴，才沒有與她斷絕聯絡嗎？你的行為和你所說的話從頭到尾都是矛盾的，你能不能老實回答我，你到底在想什麼？」

尚洺雙眼無神，沮喪地將臉埋入手心半晌，才慢慢抬起頭，嘴邊露出淒然的笑。

「學長，你知道嗎？可晴的爸媽雖然沒有對我提告，卻也沒有就此放過我。大學畢業後，我本來有機會進入知名大型企業任職，但是他們動用人脈，讓許多本來打算雇用我的公司打了退堂鼓，業界沒有一間公司願意給我機會，我只能到處打工，賺點微薄的生活費，後來才經熟人介紹去當房仲。」

我錯愕無比，「你之前怎麼不告訴我？」

「如果告訴你，你不就會知道我做過的那些事？我其實不怪可晴的爸媽這麼對我，畢竟是我有錯在先，我甘心受罰。可是那對夫妻做下的另一件事，我無論如何都無法原諒。」尙洛眼眶紅了，咬牙切齒道：「當初事發之後，我向他們道歉，表明什麼後果我都願意承擔，只求他們千萬不要找上我的家人，他們表面上答應了，卻仍派了一群人站在我家門口，高聲指控我在台北侵犯未成年少女，我的爸媽和弟弟妹妹被鄰里指指點點，抬不起頭來，我媽甚至因此被工廠老闆惡意解僱。我讓全家人顏面盡失，我到現在都沒有勇氣踏上回家的路。」

心中浮上一股難言的苦澀，我深深嘆了一口氣，「所以你故意煽動可晴反抗父母，作爲報復？」

「我沒有煽動可晴，也從不認爲自己有報復他們的能力，我只是覺得，如果能讓這對夫妻，至今還會因爲我而傷透腦筋，我心裡多少會舒坦一點。況且他們之所以不提告，並非考慮到此舉可能會對可晴造成更多的傷害，而是不想家醜外揚，他們從來就沒眞正關心過可晴，這對夫妻只在乎自己的顏面。」尙洛揚起輕蔑的冷笑。

「既然你都明白，卻仍然選擇利用無辜的可晴，發洩你的憤恨，這麼做是想證明你跟她父母一樣卑劣？」

尚洛臉色一變，迸發出帶著挫敗的低吼：「學長，你就不能體諒我的心情嗎？」

「就是能體諒你的心情，才不想看你這樣下去。你知不知道你現在的心態有多扭曲？看著可晴因爲你的不甘心繼續活在痛苦裡，你都無所謂？還是她的悲傷也能讓你覺得痛快？你就這麼對待一個你愛過的人？真正因爲你的行爲而受到傷害的人到底是誰，你難道搞不清楚？」

「我就是做不到像學長你這樣，對任何事都能分辨得明明白白！既然他們把我無辜的家人拖下水，憑什麼可晴不能爲她爸媽做過的骯髒事負責呢？」尚洛先是一陣氣憤激動，隨後眼眶蓄滿了淚水，語氣轉爲求懇，「學長，你就不能別管這件事嗎？可晴不是把你趕走了？你爲何還要幫她？難道……你也對可晴動心了？」

我猛地站起，舉拳朝他臉上重重揮落，驚動鄰座的客人往我們這邊看來。

尚洛嘴角被我打破了，滲出一絲血跡，他頭髮凌亂，神態狼狽。

我怒火中燒，疾言厲色地撂下狠話：「我沒耐心慢慢跟你說了，你要是再不停手，我就會把一切都告訴林靜妍，不管是可晴還是林靜妍，現在的你完全沒有資格跟她們在一起。你既放不下過去，又不珍惜眼前人，傷害的不只是可晴，也包括林靜妍，倘若她得知你對可晴做的事，她會怎麼看你？又會怎麼傷心？你爲什麼要讓仇恨把自己變得如此殘忍可悲？」

尙洺愣愣地聽著，一滴眼淚沿著眼角緩緩淌下，雙唇抿得緊緊的。

「我很希望有一天能跟你和林靜妍，三個人開開心心地吃一頓飯，更想和你像過去那樣痛快地喝幾杯，你別讓我這個心願破滅。」說完，我抓起椅子上的背包，轉身離去。

當憤怒逐漸散去，取而代之的是一股強烈的虛脫。

我頭重腳輕地在斑馬線前停下，右手傳來一陣灼熱的痛楚。

這是我第一次動手打人，原來打人的那方也會感到疼痛。

放在口袋的手機傳出震動，我掏出手機看了一眼螢幕，是爸爸打電話過來。

「爸，怎麼了？」

「兒子，下次什麼時候回來？」

平時爸總是心疼我舟車勞頓，老要我不必那麼常回去，這次他竟反常地說出這樣的話，我頓時心中一凜。

「你怎麼了？今天你去醫院做檢查了吧？是不是身體哪裡有問題？」

「不用緊張，爸爸身體沒事，只是爸爸睡午覺的時候，做了一個夢，醒來後，有些話想跟你說。」

「你做了什麼夢？」

「我夢見你媽了。」爸的口氣透出一絲懷念，「這是我第一次夢到她，她看起來好年輕，跟剛嫁給我那時差不多，她在夢裡安靜地看著我，臉上帶著笑。」

我停了一會才問：「那你想跟我說什麼？」

「爸爸想跟你說，兒子對不起，如果我能早點找到你媽媽，就不用讓她那麼孤單，也能讓你見到她最後一面……我總覺得這次夢到你媽，好像是什麼預兆，不知道是不是表示她要來接我了。」

雖然爸的口吻半開玩笑，我心中仍升起一絲不安。

「幹麼突然講這種話？你別胡思亂想，下禮拜我就回去看你。」

「也把筱婷帶回來，爸爸很想她。看到你們好好的，我才能安心。」

「筱婷的工作還是很忙，我請她盡量喬一下時間。」我面不改色地撒謊，「爸，在夢裡見到媽，你高興嗎？」

「當然高興啊。」爸的語氣確實帶著笑意，他忽然慌慌張張地壓低聲音說：「啊，醫生來了，不講了，你也要乖乖按時吃飯睡覺，照顧好自己的身體。」

我是停在路邊跟爸講這通電話的，行人號誌燈早已由紅轉綠再由綠轉紅了數次，身邊的行人也已換過幾批，只有我一個人留在原地，始終無法抬起腳步。

我彎下身，兩手支在膝蓋上，撐著如有千斤重的身軀，而筱婷與她老闆的笑臉不停在我的腦中翻飛。

「我只是很快接受了對方變心的事實，無論我再怎麼不情願，再怎麼悲傷，都不會對現實有任何幫助。」

「我就是做不到像學長你這樣，對任何事都能分辨得明明白白！」

不好。

這次有點快不行了。

撐在膝上的右手滑了一下，強烈的刺痛使我倒抽一口氣。

「痛死了……」

我咬牙迸出一聲笑，心想以後再也不要揍人了。

但這份痛楚確實令我清醒不少，也打起一些精神。

我直起身，仰頭望著城市被高樓分割成小塊的天空，做了幾次深呼吸，我終於又可以朝前邁開步伐。

Chapter 09

事情總在最意想不到的時刻出現轉機。

我把自己被可晴辭退一事告訴偉杰，並認真考慮休學，打算回家陪伴爸爸，不料可晴的父親竟主動打電話給我，問我願不願意再給可晴一次機會？

我不解其意，想著或許這只是他一廂情願的想法，便向他解釋：「可晴不希望我繼續教……」

「她改變主意了，上次你說可晴要你離開，我心裡就覺得有點奇怪，過去都是老師主動請辭，可晴從來不曾開口趕人。昨天我試探性地問她，有沒有想過讓你回來？沒想到可晴沒拒絕，那孩子真的不一樣了！」鍾父的口氣裡有著如釋重負，「諺文，回來吧，拜託你了。」

儘管心中仍對可晴的轉變抱持懷疑，但禁不住鍾父的再三請求，我只先答應了去鍾家與可晴見面聊聊。

週三傍晚，我在約定的時間來到鍾家。

娟姨和奧斯卡一同前來迎門，我發現娟姨看我的眼神跟過去不同了。

見客廳沒人，我小聲問：「可晴在房間？」

「對，你進去吧，我等會把茶點送過去。」娟姨第一次對我露出笑容。

房間門沒關，可晴背對門口坐在書桌前。

我輕輕敲了下門板，見她沒有反應，我便逕自走了進去，走近才注意到她並沒有戴耳機。

拉過椅子坐在她的身側，我清清喉嚨，準備開口說話，可晴卻搶先一步出聲。

「沒想到老師也會有這一面。」

「什麼？」我看了她一眼。

「生氣地大聲教訓人，在大庭廣眾下揍人，還放話威脅對方。」可晴的語氣聽不出情緒，「老師自始至終都沒有罵過我，我還以爲你是個沒有脾氣的濫好人。」

在我反應過來前，可晴把她的手機擺到我面前，給我看一段錄影畫面。

竟是前幾天我在咖啡館對尙洺發火與動粗的影像。

我大吃一驚，「妳怎麼會有這段影片？」

難不成是她的父親派人跟蹤我或尙洺？

「是別人碰巧錄下來傳給我的。」似是看出我心裡的懷疑，可晴馬上解釋，「不是我爸媽的手下，他們不曉得你和許尙洺認識。」

「那是誰錄的？」

「你不認識。她聽我說起過你的事，偶然在同一天也去了那間咖啡館，認出你和許尚洺，於是刻意坐在附近，聽到你們的談話內容與我有關，便偷偷用手機對著你們錄影。」可晴淡淡解釋完，又問我：「許尚洺是你直屬學弟，你爲什麼沒有站在他那邊？」

顯然是因爲我對尚洺說了那番話，可晴才願意讓我再次踏進鍾家。

拍攝影片的那個人到底是誰？就算可晴對她說過我的事，但她爲什麼能一下子認出我來？不過這不是我們這段對話要討論的重點，且可晴明顯無意透露更多細節，我只得暫時將這些疑問放至一旁。

「我沒有站在誰那一邊，只是不想再看尚洺活在憎恨裡。尚洺很孝順，一個人在台北半工半讀，從來不讓家人知道他吃了多少苦，只想要家人能以他爲榮，所以我能理解爲何他會對妳爸媽的所作所爲如此無法釋懷。我希望妳能原諒他，也徹底放下他，只有這樣，你們才能眞正結束這段彼此折磨的關係，各自展開新的生活。」

可晴默不作聲，也不看我，視線落在虛空的某一點，但我知道她有在聽我說話。

「可晴，雖然妳對我的好應該大都是裝出來的，但妳確實具備細膩的心思和敏銳的觀察力，如果妳願意，妳完全可以帶給身邊的人許多關懷與溫暖，而非利用自身這些傻點去傷害別人。妳和尚洛都是我重視的人，我不想你們這樣自傷傷人。」

可晴的眼睛蒙上一層淚霧，很快霧氣凝結成水珠，眼淚掉了下來，她咬著嘴唇，不讓自己哭出聲音。

「我本來以爲你跟我爸媽是一夥的。」可晴語帶哽咽，「我曾經把自己和尚洛哥的事，說給接替他的那位女家教聽，她表面上說理解我，願意幫我，實際上卻是我爸媽的眼線，探查我的一舉一動。從此之後，我就決定不再信任虛僞的大人了。」

我點點頭，「原來是這樣，不過，妳爸媽倒是沒有拜託過我這種事，不知道是篤定我做不久，懶得多此一舉，還是認爲雖然我宣稱自己是gay，但還是不能掉以輕心，所以也把我一併列爲觀察對象，要娟姨負責監視我之類的。」

我一本正經的推論，換來可晴的破涕爲笑。

「老師，你挺聰明的，我媽的確有讓娟姨來監督你，不然娟姨以往煮好晚飯就會離開，不會等到你上完課才走。」

「還眞的是這樣？」我頗爲傻眼，卻也不是很意外。

「你會覺得不舒服嗎？」可晴此時的語氣，像是很在意我的感受。

我想了想，搖頭，「不會啊，妳爸媽不放心我也是正常的，畢竟他們對我了解不深。至於娟姨，她確實很關心妳，只要是爲了妳好，她什麼事都願意做，妳很幸運，能有娟姨在妳身邊。」

一顆晶瑩的淚珠掛在可晴的睫毛上閃動，「那你還願意當我的家教嗎？」

「如果能繼續當妳的家教，自然再好不過，只是我最近有在考慮，是不是要休學一段時間，搬回家裡陪伴我父親。」

可晴緊張地睜大雙眼，「老師的爸爸怎麼了嗎？」

「他沒事，只是他前陣子夢見我過世的媽媽，一心想著我媽是不是要來接他了。或許是受到生病的影響吧，他變得有些脆弱，所以我才想著要不要回去陪陪他。」

可晴像是想說什麼，卻又忍住了，一雙眼睛裡全是焦急。我看得出她很想我繼續當她的家教，又覺得不能開口要求我不去陪伴父親。

我微微一笑，「這只是最壞的打算，還沒成定局。明天我會回雲林一趟，大概兩個星期，確認一下我爸的情況，只要我爸那邊沒有大礙，我還是會選擇繼續留在台北完成研究所學業，以及當妳的家教。」

可晴神色一鬆，只是她很快又露出欲語還休的表情。

我猜不出她這次想說什麼，便笑著鼓勵她，「想說什麼就說吧，現在我們是眞的可以敞開心胸好好聊天了，對吧？」

可晴臉上一紅，難爲情地吞吞吐吐道：「有、有件事我一直很好奇。之前跟老師聊過很多你家裡的事，我發覺你看待你父母的態度很不一樣，你很關心你爸爸，但是每次提到你媽媽，你的語氣都很冷漠，原因好像不全然是你媽媽當年拋下了你和你爸爸，是這樣嗎？」

我十分意外，沒想到可晴竟連這點都看出來了。

「嗯，我媽在還沒拋下我和我爸之前，就已經不把心思放在家裡了。她很少回家，我每年見到她的次數，十根手指頭就能數得完。我的生日、家長會、畢業典禮，她永遠缺席，只有在外頭欠債時，她才會躲回家裡，導致後來經常有債主上門，把家裡鬧得雞犬不寧。在這種情況下，我確實很難對我媽產生深厚的感情，而我也很肯定，就算我哀求她，她也不會爲了我留下來，因爲她的心裡從來就沒有我，所以當她決定離開，我其實是鬆了一口氣的。」

可晴聽完，沒再繼續追問，只是低下頭，任憑長髮掩蓋住她的側臉，我看不見她的神情。

這天可晴久違地送我到門口，娟姨也在我離去前塞給我一盒用保鮮盒裝好的菜餚，要我帶回去吃。

我搭上捷運時，收到可晴傳過來的訊息。

「老師，對不起，也謝謝你。」

簡短幾句話，徹底驅散這段日子盤據在我心中的陰霾，足以讓我在無止盡的疲憊下，有了重新振作的力氣。

Chapter 10

在雲林待了一個星期，我就被爸爸趕回台北。

其中有兩天陪爸爸去醫院回診，一天帶爸爸出外走走，剩下的四天，每天都有鄰居來家裡串門子，每一個都向我拍胸脯保證會幫忙注意爸爸的身體，要我放心回台北，我一度懷疑是爸爸跟他們串通好的。

深知爸爸最怕我因爲他耽誤學業，在還沒做下最後決定前，我不想讓他知道我動過休學的念頭，否則他心裡一定很不好受。我只先格外留意爸爸的身體情況，以及日常的飲食起居，所幸爸爸自動過手術之後，恢復得不錯，見他神采奕奕與友人談笑風生，我這才稍稍放下心來。

有天晚上，我提到爸爸之前的那通電話，聽上去像是他有了什麼不好的想法，爸罕見地對我發了頓脾氣：「我還沒享清福，還沒看到你結婚，怎麼可能會想死啊？呸呸呸！」

他打死不認自己講過那樣的話，令我哭笑不得。

鄰居阿姨再三保證會時時刻刻盯著爸爸，要我無須過於掛心，再加上爸爸三天兩頭問我什麼時候回台北，我哭笑不得之下，決定提前離開。

我打電話告訴可晴，說我過兩天就將返回台北，她的聲音聽起來很開心，笑著對我說週三見。

之前我向偉杰提起自己已被可晴辭退，他只回了句「知道了」，這次跟他說我復職了，他依然回我同樣的三個字，連原因都不問。

他似是對這樣的結果毫不意外，更像是早料到事情會如此發展。

回雲林前，我也告知過馨玫大致情況，以及這兩週週六取消碰面，她馬上表示，她可以約同學一起讀書，要我不必介意。後來我又傳訊息告訴她，自己決定繼續擔任可晴的家教，然而直到隔天我回到台北，那則訊息卻始終顯示未讀。

週二晚上，我接到一通陌生來電，接起後竟是可晴。

「老師，你現在有沒有空？能不能到我家附近的便利商店一趟？」她的聲音有氣無力，甚至還有點喘不過氣。

「妳怎麼了？發生什麼事了？」我連忙問。

「我帶奧斯卡出來散步，身體忽然不舒服。我忘了帶手機，所以借別人的手機打給你，娟姨下班了，她今晚有事，我不想打擾她，又一時想不到能找誰……」

「好，我馬上過去！」

我在路邊攔下一輛計程車跳上去，抵達便利商店後環顧四周，卻沒看見可晴的身影。

心裡正焦急，有人從背後輕點了下我的肩膀，我猛地回頭，整個人頓時呆住了。

本來留著一頭及腰黑色長髮的可晴，竟換了髮型，長度剪短了些，髮色染成了亮褐色。

然而定睛一看，我立刻看出不對勁，眼前的少女雖然有一張和可晴極度相似的臉，個頭卻比可晴高出一截，身材也不若可晴那般近乎骨感的纖瘦，她氣色紅潤，看起來相當健康。

我遲疑地問：「妳……不是可晴吧？」

那女孩露齒微笑，臉頰兩邊浮上小小的酒窩。

可晴沒有酒窩。

「可晴人在家裡，打電話給你的是我。」說著，她大步越過我，朝對街走去，「跟我來吧。」

女孩話聲清亮，中氣十足，她剛剛在電話裡的有氣無力全是裝的。

既然女孩的面容與可晴那麼相像，她必定是可晴的親人，這讓我降低了戒心，跟隨著女孩的腳步，來到位於巷弄裡的一間歐式餐廳，裡面一樓是餐廳，地下室則是酒吧。

「你怎麼吃這麼少？多吃一點呀，這裡的青醬燉飯很好吃欸。」女孩指著我盤子裡還剩一半的料理。

初始的驚嚇退去後，在我心中取而代之的是滿滿的疑問，導致我根本沒什麼胃口。

「妳能不能先告訴我，妳到底是可晴的什麼人？」

「看著我這張臉，你覺得我是可晴的什麼人？」她饒富興味地反問。

可晴的外表比一般同齡女生稚嫩許多，要不是事先得知她已經十八歲了，我會以為可晴才國中。

而眼前這個女孩，外表就很符合十八歲女孩的年紀。

「妳們是雙胞胎……姊妹？」我猜測。

「哈哈，還好你沒有直接猜我是她姊姊。」

她落落大方的態度，以及笑起來的樣子，給了我極深的印象。

第一次見到連眼睛都會笑的人。

「我之前以為可晴是獨生女。」我小心地接話。

「喔，那是當然的，我在我家人眼中象徵著不祥，是如同災星般的存在，他們一向不會隨便跟別人提起。我八歲時和我舅舅到國外生活，只回來過台灣幾次，我爸媽早就不曉得怎麼跟我相處，也快沒什麼人記得鍾家還有另一個女兒。」

意外聽到這段祕辛，我非常驚訝，卻並未追問下去，或許這件事我不該過問。

「這次你有把那片葉子好好收著嗎？」她忽然沒頭沒腦地問。

「妳說什麼？」

「上個月，有個女人在捷運上給了你一張葉子的照片對吧？你沒丟掉吧？」

我先是一愣，隨即脫口而出：「當時坐在我身旁哼歌的女生就是妳？」

她咯咯笑，「對呀，原來你當時已經醒了？那張照片呢？你有收好嗎？」

「請問她長什麼樣子？」

「很漂亮，也很可愛，大約十八到二十歲左右，笑起來有酒窩。」

女孩的外型的確與捷運上那位婦人所描述的相符，我將目光移至她放在桌上的左手，她的食指也有著玫瑰花刺青……

我注意到她似乎很介意我是否丟掉了那張照片。

「那張照片不是我的，妳弄錯人了。」

原來這個女孩就是我一直想找的人，此刻我竟無法分辨心中是什麼感覺。

「照片裡的那片葉子，是我親眼看著你摘下來的，所以那就是你的東西。我只是在你扔下那片葉子之後，把它拍下來，並沖洗成照片，在再次見到你的時候還給你。」

她這番說詞聽上去過於離奇，我不知道該不該相信。

「妳早就料到有天會再見到我，才把那張照片沖洗出來，還隨身攜帶？妳那時應該就知道我是可晴的家教老師吧？」這是我覺得唯一合理的解釋，雖然我根本不記得自己曾經在什麼時候摘下這片葉子。

她搖頭，「不，你那時候還不是可晴的家教老師，我也不曉得自己還能不能再次見到你。」

「妳的意思是這一切純屬巧合？」

「對。」

她所謂的巧合實在荒謬至極，我一時無言以對。

很快我又想到另一個更令我在意的問題。

「那妳在捷運上哼唱的那首〈葉子〉呢？」這件事我怎麼都想不明白，「妳是因為看到我，想起妳拍過我摘下的葉子，才哼唱起這首歌？還是這也只是湊巧？」

「算是前者吧。」她拿起紙巾擦嘴，「正確來說，我是因爲你才知道了這首歌，並且發現這首歌對你的意義。」

「這首歌對我有什麼意義？」我不動聲色地問。

「這首歌與你母親有關。」

我盡量不讓自己的表情洩漏心中的震驚，但她似乎看出來了。

「我說對了吧？」她頗爲愉悅。

「可晴告訴妳的？」

「不，是我自己推測出來的，這首歌與你母親存在著某種關聯性，至於是什麼樣的關聯性，我就猜不出來了。」

「這怎麼可能？我母親的事，我只跟可晴一個人稍微提過幾句。」我開始覺得這個女孩說話不老實。

「我說的是眞的！你每一年的母親節，都會拍攝與葉子有關的照片，像是收錄了〈葉子〉這首歌的專輯，或是一棵樹……所以我才會猜，你大概是藉由葉子來緬懷你的母親，你的母親應該已經不在人世了吧？」

我驚得全身汗毛豎起，手臂上冒出一大片雞皮疙瘩。

「妳到底是從哪裡知道這些事的？」我蹙緊眉頭，口氣轉爲嚴肅，「請妳直說，妳這樣讓我覺得很不舒服。」

「都說到這種程度了，你還不明白我是怎麼推測出來的？沒關係，我們還會有不少見面機會，下次再說吧。」

說完，她背上包包準備離開，我連忙叫住她。

「妳今天爲什麼特地把我找過來？」

「你相信緣分嗎？」她忽然盯著我看。

我一時反應不過來，隨口回答：「相、相信吧。妳問這個做什麼？」

「我本來不信，遇見你之後，我就信了。」

「什麼意思？」

她的眼眸和嘴唇同時彎起，蘊滿明亮的笑意。

「意思是，我想我和你是命中注定。」

Chapter 11

「老師？」

可晴的叫喚讓我猛地回過神來，我扭頭看向她。

「嗯，怎麼了？」

「你怎麼一直在發呆？哪裡不舒服嗎？」她疑惑地打量我。

「沒有，我很好。」我匆匆接過她寫好的測驗卷，「辛苦了，休息一下吧。檢討完考卷以後，今天就可以下課了。」

「好，那我先出去吃點水果。不過老師，你等一下可以多留幾分鐘嗎？」可晴笑得神神祕祕的。

反正下課後多留一會也不是什麼大事，我沒多問就答應了。

看著可晴走出房間的背影，我不由得想起那名與她面容相似的女孩。

那晚和那名女孩分開後，我才後知後覺地想到，自己竟忘了問她叫什麼名字。

似乎也不太合適直接問可晴，畢竟可晴並未主動向我提及她有一個雙胞胎姊姊，我不確定她是否願意讓我知道這件事。

再加上那名女孩也說了，她是鍾家不能隨意觸碰的話題。

心神不寧的我，突然意識到身邊異常安靜，以往休息時間，可晴都會敞開房門，讓奧斯卡進來找我玩，今天卻不見牠的蹤影，仔細回想，好像從進門就沒看見牠了。

此時一道門鈴聲響起，我停下正要批改考卷的手。

過去從未有人在這個時間來訪，莫非是可晴的父親或母親回來了？思及此，我立刻走出去想打招呼，不料卻看見一個意想不到的人。

可晴的姊姊穿著螢光黃色的運動外套，雙頰紅撲撲的，呼吸急促，像是剛跑完一大段路，她牽著奧斯卡全身濕漉漉地站在門口。

她將牽繩交給娟姨，由娟姨帶奧斯卡進屋，隨後與我四目相接。

從洗手間出來的可晴一看到她，驚訝地問：「妳怎麼變成這樣？」

「忽然下大雨，我和奧斯卡一路狂奔回來。」她的目光又落回到我的臉上，「這位就是柯老師吧？初次見面，我是可晴的姊姊。」

那句初次見面，讓我意識到她可能不想讓其他人知道我們在這之前見過面。

於是我跟著配合道：「初次見面，妳好。」

娟姨要她先去洗個熱水澡，她婉拒了，笑咪咪地說：「我得走啦，臨時有約，我會再過來的。」

「至少先換件衣服。」可晴說。

「那妳借我件寬鬆點的衣服，我帶去別的地方換，免得爸媽突然回來，雖然機率很低，但我不想冒險。對了，順便再借我一把傘。」

拿到衣服和雨傘後，她立即像一陣風似的離開了。

鍾可云。

我從可晴口中得知了她的名字。

這天鍾可云主動提議帶奧斯卡出去外面散步，可晴以爲我完全不知道她有個雙胞胎姊姊，便想著要讓我見見鍾可云，藉此嚇我一跳。

「老師的反應比我想像中還鎮定，居然沒叫出來。」可晴噘起嘴巴，有些失望。

「我就是太驚訝了，反而做不出反應。」我給了個聽上去還算合理的解釋。

沒想到可晴會這麼乾脆地讓我見到鍾可云，難道鍾可云之前是騙我的？她根本就不是什麼鍾家不能隨意觸碰的話題？

才這麼想，可晴旋即表示，鍾可云從小被帶到國外生活，這次她是瞞著父母回國的。可晴已經交代樓下管理員，千萬不能在鍾父鍾母面前提起此事，也希望我能協助保密，我自然一口應允。

「鍾可云是回來玩的嗎？」

「不，她說她這趟回來，是因爲有想見的人，她已經回來快四個月了。她沒跟我說她要見誰，我也不想多問，畢竟我們從小分開十年，中間又沒聯絡，幾乎能算是陌生人了。這次她在台灣待得特別久，還時常來找我，我們才漸漸熟悉起來。」

「這是好事，妳們畢竟是親姊妹。」我由衷道。

「是呀。」可晴低頭攪弄著手指，「我會想讓你見見她，其實是有原因的。你和尙洺哥起衝突的那段影片，就是她拍的。」

我很吃驚，「眞的嗎？」

「嗯，兩個月前，我向她提過你，也給她看過你的照片，所以她在咖啡館認出你和尙洺哥後，才會……我很感謝她，如果不是她這麼做，我就會錯失眞正爲我著想的人。」可晴越說越小聲，似是覺得羞赧。

「尙洺……他還有繼續傳訊息給妳嗎？」

「我不知道，我刪掉了他的電話，LINE也封鎖了。雖然想起他還是會覺得很傷心，但我有信心可以走出去。」

「妳一定會遇到更適合妳的人。」我是眞心這麼認爲，就像尙洺也遇到了更適合他的林靜妍。

「但願如此。」可晴眨眨濕潤的眼睛，「我也希望老師能遇到更適合你的人。老師的前女友實在很傻，不會有人比老師更好了，她將來一定會後悔的！」

我笑了笑，本來想半開玩笑回一句「但願如此」，卻發現自己怎麼樣都說不出口。

可能是因爲，我並不希望筱婷後悔。

Chapter 12

鍾可云離開沒多久，我也向可晴告辭。

在去往捷運站的路上，我收到了一則簡訊。

我立刻調轉方向，走向昨晚與鍾可云共進晚餐的那間餐廳，只是這次我來到的是位於地下室的酒吧。

酒吧裡空間不大，裝潢風格前衛，照明採用朦朧的藍色燈光，令人目眩神迷，有種來到海底世界的錯覺。

鍾可云已經換上可晴借給她的罩衫，坐在角落看手機，只是她不斷拉扯身上的衣服，似乎很不自在的樣子。

我才在桌邊站定，她就對著我劈頭就問：「柯諺文，你有沒有多的衣服可以借我？」

聽見她自然而然地直呼我的名字，像是早已熟識的朋友，我竟不覺得有哪裡不對。

「怎麼了？」

「可晴太瘦了，我請她挑一件寬鬆點的衣服給我，但這件我穿起來還是太緊，我快不能呼吸了！」鍾可云誇張地大吼大叫。

在我看來，可晴這件衣服穿在鍾可云身上，頂多算得上是貼身，不至於到太緊。

「那就早點回家換衣服，幹麼還找我過來？」我有點好奇鍾可云住在哪裡，不過這不是我需要知道的事。

「我想跟你聊天啊，而且我以爲你會有話想跟我說。」

聽到她這麼說，我拉開椅子，在她對面坐下。

「我的確有話想跟妳說。我仔細回想過妳昨天那番話，剛剛可晴也跟我說了些妳的事，然後我心中有了幾個推論，妳聽聽看我說的對不對。」

「好呀。」鍾可云放下手機，看上去竟是有點迫不及待。

「妳在第一次見到我時拍下那張照片，當時妳確實不知道我是誰，後來意外發現我是妳妹妹的家教，接著某一天，妳在捷運上再次遇見我，便請坐在隔壁的乘客把照片交給我。」我停頓一下，「妳應該是在我答應繼續擔任可晴的家教之後，才決定見我的，對嗎？」

「完全正確，然後呢？」她十分開心，一雙眼睛閃爍著笑意。

「妳之前說，妳是因爲我才知道〈葉子〉這首歌，並且發現這首歌之於我的意義，與我母親有關，而那時我根本就還不認識可晴？」

「對對對。」她點頭如搗蒜。

「妳到底是怎麼發現這一點的？」我想了很久還是想不明白。

「眞是的，我還以爲你終於找到答案了。」鍾可云失望地垂下肩膀，「好吧，我告訴你，答案就在你的IG裡。」

「我的IG？」我茫然不解。

「我昨天不是說了嗎？你每年母親節都會拍攝一張以『葉子』爲主題的照片，我是在你的IG上見到這些照片的。當時我被你照片裡的一張CD勾起興趣，便去找來聽，那張CD收錄的第一首歌就是〈葉子〉，然後我才注意到，你有很多張照片都與葉子有關，並且發布時間都選在每年的母親節。我才會覺得這應該不是巧合，也推測你的這個舉動是爲了懷念母親。」

我默不作聲，等著鍾可晴往下說。

她托著下巴，兩隻手肘撐在桌上，雙眼直勾勾地盯著我，「初次見到你的時候，你隨手摘下我朋友種的玫瑰花葉子，眼神流露出與四周環境毫不相襯的哀傷，你那個眼神，讓我留下極爲深刻的印象，也記住了你的臉。後來去到你的IG，才發現背後似乎有著一段故事。」

我再度因鍾可云匪夷所思的言論陷入茫然。

「妳是說，妳在初次見到我之後，跑去搜尋我的IG，而且還眞的找到了？這怎麼可能？」

「當然可能，不過是你先來我的IG留言，所以我才能找到你。」

我睜圓了眼睛，忍不住怪叫出聲，「妳說那是什麼鬼話？我什麼時候去妳的IG留言了？」

「確實是你主動來我的IG留言，我點進你的帳號，才發現你就是那位『葉子男』，不然你覺得我有什麼辦法能找到你的IG？」鍾可云的語氣正經無比。

「但我又不認識妳，爲什麼要去妳的IG留言？」我深感荒謬，「還有，如果妳說的是眞的，我在留言裡寫了些什麼？」

「天龍國。」

「什麼？」

「就是『天龍國』，你的留言就寫著這三個字。」

「我爲什麼會寫這種留言給妳？」我傻眼。

「這要問你呀。」她哈哈大笑。

「拜託妳講清楚點，我是在妳哪張照片底下留言的？」

鍾可云張口正要回答，卻忽然打住，露出狡黠的笑容。

「直接告訴你答案就不好玩了，我還會在台灣停留一段期間，你要是願意幫我一些忙，我就告訴你。」

「爲什麼要這樣？而且我怎麼知道妳是不是在騙我？」我抗議。

「我沒有騙你，只要你答應幫忙，在我離開台灣前，一定會將所有你想知道的事全都告訴你。」她信誓旦旦道。

倘若鍾可云堅持不說，我也不能拿她怎樣，在這種情況下，我好像也沒別的選擇。

無奈之餘，我只得作出退讓。

「至少告訴我妳的IG帳號吧？」

「不行！」鍾可云想都不想便一口回絕，「不過我可以告訴你，我初次見到你的那個地方是間餐廳，餐廳外面種滿了各式美麗的玫瑰，餐廳旁邊還有一條河。」

我皺著眉頭思索，還是想不起自己什麼時候去過這樣一間餐廳。

此時鍾可云話鋒一轉，可憐兮兮地向我哀求：「先別說這個了，反正你身上穿著外套和襯衫，就把襯衫脫下來借我穿吧，可晴這件衣服緊得讓我很不舒服。」

我拿她沒輒，起身去到洗手間把襯衫脫下來給她，還好我今天穿的是連帽運動外套，就算單穿外套，只要把拉鍊拉到最上面，看上去也不至於太奇怪。

鍾可云換上襯衫回座時，一臉如釋重負，眉開眼笑。

「得救了，你眞是個大好人。你襯衫的味道很好聞耶，是洗衣精的香味嗎？還是哪個牌子的香水？我很喜歡。」她自顧自說個不停，「我第一次見到你就對你印象深刻，沒想到連你身上的味道也是我喜歡的。」

現在的年輕女生講話都這麼直接？我有點傻住了。

鍾可云像是看穿我心中的想法，又說：「我可不是對每個人都這樣喔，就像拍下你摘下的葉子，還洗成照片帶在身上，這種事我也是第一次做。」

我半信半疑，「妳爲什麼要這麼做？」

「應該是對你一見鐘情吧？」

我大驚，「別亂開這種玩笑。」

「爲什麼你會認爲我在開玩笑？我不可以對你動心嗎？」

她澄澈明亮的眼神令我一時爲之語塞。

「不是這個意思，只是妳突然這麼說，誰都會嚇到。」

「是這樣嗎？我還以爲你很習慣被人告白呢。我不是第一次喜歡上一個人，卻只對你有這種感覺，好像和你心有靈犀。」鍾可云看著我微微一笑，嘴邊的小酒窩又出現了。

我被她看得不甚自在，生硬地回話：「我沒有這種感覺。」

「哈哈哈，看來你確實不習慣被女生追求耶。對了，你來的時候雨停了嗎？」她忽然問。

「停了。」

「那我要走了，我很快會跟你聯絡。還有，別把我們聊的這些告訴可晴，Bye～！」

不給我回話的機會，鍾可云又像一陣風一樣離開了酒吧。

❄

回到家後，我重新下載IG，登入帳號，打算從中找出蛛絲馬跡。

冷不防瞥見筱婷的笑顏，我的呼吸驟然一滯，原來我先前並未刪除兩人過去的合照。

我暫且先略過這件事，開始瀏覽起照片牆。過去我並不熱衷於更新IG，幾年下來照片數量不多，我很快檢視過一遍，鍾可云確實可以透過我在每年母親節所發表的照片，察覺「葉子」這個主題，或許與我母親有關。

她那番說詞的確其來有自。

然而在一一檢視過所有追蹤我的帳號，以及我追蹤的帳號之後，卻沒發現任何疑似是鍾可云的人選。

看來此路不通。

我懨懨地放下手機，整個背往椅子上一靠，嘆了口氣。

出神了好一會，我再次拿起手機，去到筱婷的IG頁面。

她沒有留下任何一張我的照片，不過這也是當然的。這段日子她持續上傳照片，儘管沒放上她老闆的正面照，不過有兩人牽手的照片，也有幾張照片裡是成對的電影票、飲料杯，輕易便能看出這個帳號的主人目前有交往的對象。

既然都登入了，我順勢將我與筱婷過去的照片全部清除掉，也解除對筱婷的追蹤，並將帳號設爲不公開。

不知爲何，當我想到鍾可云會看我的IG，就打消了刪除帳號的念頭。

做完這些，我點進LINE看新訊息，瞥見聊天列表裡的馨玫，之前傳給她的訊息，竟然到現在還顯示未讀。

「最近很忙嗎？」

我又傳了一則訊息過去，只是到了晚上十點，馨玫依舊沒有任何回應。

這下我眞的開始擔心了。

馨玫性格溫和，行事向來極有分寸，很少讓旁人爲她擔憂，這次她的反應實在很反常。

我決定撥電話給她，卻也沒有回應。

偉杰知道是怎麼回事嗎？還是我先打去馨玫家裡，看看能不能聯繫上她，說不定只是虛驚一場。

本來以爲接電話的會是馨玫家的傭人，不料竟是馨玫的大哥高海珹。

「哪位？」

聽見對方低沉的嗓音，險些讓我的心臟跳出喉嚨。

「海、海珹大哥你好，很抱歉這麼晚打去府上。」明知對方看不到，我卻不自覺正襟危坐，還緊張得忘記先報上自己的名字。

「沒關係，你是柯諺文吧？偉杰還在國外。」他以爲我要找偉杰。

「啊，是這樣啊，那請問馨玫在嗎？」我順勢問高海珹馨玫是否在家，假裝自己本來要找的是偉杰，既然偉杰不在，才改找馨玫。

高海珹的聲音忽然變得有點模糊，像是在扭頭詢問家裡的傭人。

「她在樓上房間，要幫你叫人嗎？」高海珹語調平板。

「海珹大哥，不好意思，我剛沒注意到時間已經很晚了，還是不要打擾馨玫好了，我改天再找她。」我在心中祈禱高海珹不會起疑。

「好，那麼再見。」高海珹也不多言，立即掛斷。

我驚魂未定拿著手機，吐出一口長氣。

大四時我曾去偉杰家作客，並見到了高海珹。

高海珹大偉杰五歲，年紀輕輕已相當成熟穩重，很早便開始接管家族事業，是個會讓人留下強烈印象的男人，我甚至覺得他比他們的父親更具企業領導人的氣魄，我打從心底深深敬畏他。

突然與高海珹說上話，我除了緊張，同時也深感不可思議，他只見過我一次，卻能記得我，竟然光聽聲音就能辨出是我。

也不知道該不該慶幸，高海珹就如我所猜想，並不會出於關心馨玫而多問幾句。

總之馨玫平安就好。

倘若她真爲了什麼原因，從此不願再與我往來，那也沒辦法，我還是別去打擾她的生活比較好。

只是這個想法很快就被我自己推翻。

週六傍晚，當我在街頭意外瞥見馨玫的身影時，我還是控制不住地跟在她的身後。

她頭也不回地走了一段路，最後停在某間醫院門前。

馨玫到這裡做什麼？她生病了？還是來探病？她爲什麼不進去？

她就那樣在醫院門前站了將近十分鐘，才突然轉過身，與完全來不及躲藏的我四目相接。

「諺文哥？」馨玫非常吃驚，「你不是在雲林嗎？」

「我提早回來了，我傳了好多訊息給妳，妳一直沒讀，剛剛在路上碰巧看見妳，有點擔心，就忍不住跟過來了。」我尷尬地解釋。

「對不起，我的手機前陣子摔壞了，送去修理。我以爲你這幾天還在雲林，不會聯絡我，就沒想到通知你，是我考慮不周。」

她急急忙忙道歉，慌張得像是犯下了什麼天大的過錯。

「沒關係，妳不用放在心上，還好不是我做了什麼讓妳不高興的事。」我笑著說。

「不可能有這種事！」

馨玫說話的音量冷不防拔高，惹得幾名路過的行人向我們看來，我也愣住了，這是我第一次見到這個女孩出現如此激動的反應。

我們走到醫院附設花園裡的長椅坐下，馨玫坦言自己過來這裡，不是爲了就醫，也不是爲了探病，只是想來看一個人，其他細節卻不肯透露。

她說她已經像這樣在週末補習結束後來過幾次，卻從未眞正踏進醫院。

我想起之前和馨玫在附近的捷運站偶遇，那時她會不會就是來這間醫院？

「諺文哥，你要怎麼判斷自己曾經做下的決定是否正確？」馨玫頭垂得低低的，像是不想讓我看見她此刻的表情。

一片落葉忽地被風吹至腳邊，我情不自禁彎腰拾起，若有所思地盯著那片落葉看。

「我會先問自己一個問題吧。」我看得出馨玫有心事，卻未出言探究，僅就她提出的問題回答，「如果現在能重新抉擇，我會不會做出與先前相同的決定？倘若答案是肯定的，那麼這個決定，對我來說就是正確的；倘若我的想法變了，就會趁還來得及改變時付諸行動。」

馨玫緩緩抬頭，眼中的迷茫尚未散去。

「不管我做下的決定是否正確，只要當初我是經過愼重思考才做下這個決定，就算哪天我後悔了，也會坦然接受。世上本來就沒有完全不後悔的人生，比起活在悔恨的痛苦裡，做個能夠爲自己的抉擇負起全責的人，比永遠做對選擇這件事更重要。這是我的想法。」我迎向馨玫專注的視線，有些難爲情地撓撓臉，「我會不會說得太複雜？」

她搖搖頭，臉上的凝重消失了，眼底浮現若隱若現的淚光。

「能從諺文哥這邊得到答案，眞的太好了。」馨玫不像是在回答我，更像是在喃喃自語。

「有什麼煩惱隨時可以找我商量。」我懇切地對她說。

「謝謝。」馨玫靦腆一笑。

正準備離開醫院與馨玫一同去吃晚餐時，我看見了一個人。

我請馨玫等我幾分鐘，接著朝那人邁步走去，並在一段距離外停下，不讓對方察覺我的存在。

鍾可云和一名坐在輪椅上、身著病人服的中年男人，在花園一角有說有笑，她張開雙臂擁抱男人，輕輕吻了下男人的臉頰，才依依不捨鬆開手臂，與他道別。

鍾可云離去時，與一對母女擦身而過。

那對母女的目光始終落在男人身上，完全沒看鍾可云一眼，似乎並不認識鍾可云。她們走到男人面前，小女孩大聲喊男人爸爸，男人笑了，一隻手摸摸小女孩的頭，一隻手握住妻子，三人互動親密和樂，儼然是幸福的一家人。

我覺得自己好像撞見了不該看到的一幕。

鍾可云和那個男人是什麼關係？

Chapter 13

隔天家教課程結束後，我向可晴表示想跟她聊聊。

「妳還記得高馨玫嗎？」我凝神觀察可晴的反應，「她小妳一歲，妳們念過同一所小學，據說妳在三年級轉學之前很照顧她。」

可晴起初像是對這個名字感到很陌生，一臉茫然，思索了一分鐘後，才不甚確定地開口：「是高慶霖叔叔的女兒嗎？」

高慶霖正是偉杰的父親。

我點頭，「沒錯，就是她。」

「你爲什麼忽然提起她啊？」

我對可晴坦誠以告，其實我是透過馨玫二哥的介紹，才得以成爲她的家教，而她與尚洺的那段過往，也是馨玫告訴我的。如果不是馨玫，我可能也無法幫助可晴走出傷痛。

「馨玫一直記得妳對她的好，她很希望妳能重拾幸福。」我小心翼翼觀察可晴臉上的表情變化，「妳跟我說過，妳很慶幸妳姊姊錄下我和尚洺的爭執過程，妳才沒有錯過眞心爲妳好的人，但倘若沒有馨玫一開始的協助，也不會有後面我的舉動。」

「老師想要我做什麼？你希望我向她表達謝意？」可晴抬眸凝視著我。

「妳和馨玫都是非常好的女孩，如果妳們願意再一次認識對方，我相信妳們會成爲好朋友。」

昨天和馨玫在醫院聊過後，我便忽然有了這個念頭。馨玫和可晴年齡相近、家世背景相仿，或許她們能成爲陪伴彼此、理解彼此的朋友。

「老師喜歡她嗎？」可晴冷不防問。

儘管不確定可晴指的喜歡是哪一種，我仍坦然答道：「我就像喜歡妳一樣喜歡她，妳們都是我很珍惜的妹妹，我希望妳們能幸福快樂。」

可晴微微低下頭，不知道在想些什麼，最後她輕輕點了下頭。

「好，如果這是老師希望的，那我願意。」

「如果妳不想，不用爲了我勉強自己。」我連忙道。

「我沒有勉強自己，剛剛我想起了更多她的事，有點好奇她現在過得怎麼樣。」

我頓了下，「妳也知道馨玫的事？」

「嗯，她不也一樣知道我的事？她家的那些事，我以前就聽大人們聊過。我覺得她的日子比我還難熬，很難想像她在那樣的家要怎麼生活下去？」

「妳知道馨玫的哪些事？」

可晴看了我一眼，緩緩說道：「主要還是跟她母親有關的那些吧。高叔叔和高馨玫的媽媽外遇，生下了她，還決定把她帶回高家撫養，逼得高叔叔的元配妻子崩潰自殺。高馨玫的母親後來生了重病，長年住在醫院。自從高馨玫去到高家，便沒再與她母親見過面，不知道是她自己不願意見，還是高家禁止她們母女相見。聽說高海城是個很可怕的人，不僅冷酷無情，待高馨玫也很嚴苛。」

我不吭一聲。

儘管與事實有些出入，但可晴說的大致上算是正確。

「像我們和高家這種家庭，不堪入耳的醜聞多不勝數。爲了家族事業，連親生女兒都不惜拋棄的我們家，跟高家相比，也沒好到哪裡去。」可晴的語氣波瀾不興，「從前我很慶幸自己不是被拋棄的那一個，對可云也懷抱著罪惡感，現在我卻覺得她從小被送到國外，對她其實是件好事，她不必去承受家族的包袱與束縛。」

「鍾可云……爲什麼會被迫離開家裡？」我低聲問。

可晴嘆了一口氣，年輕的面容浮現不該屬於她這個年紀的愁思。

「據說有個知名算命師斷言，如果我們這對雙胞胎都養在父母身邊，將重創家族事業，只有送走一個才能化險爲夷。那時家裡的公司遇上嚴重的財務危機，爺爺奶奶跑去求神問卜，竟得到了這種回應，他們抱著姑且一試的心態，把可云送到遠房親戚家，留下身體不好、需要有人照護的我。」

或許是時間過去太久，可晴述說起這段過往時，聲音聽不出什麼情緒，連眼神都很平靜。

「我舅舅爲了這件事，非常不諒解我媽媽，他氣得跑去親戚家把可云接回來，並帶著她離開台灣。沒想到可云一走，公司的財務危機居然出現轉機，使得整個家族更認定可云是災星，送走她是正確的。這麼多年過去，我爸媽早就沒了讓可云回來的心思，我想可云自己也不會想再回到這個家。」

雖然知道世間不稱職的父母很多，也知道像這種荒唐的眞人眞事不勝枚舉，但聽到這樣的事就發生在認識的人身上，我心中百感交集。

「我在我家人眼中象徵著不祥，是如同災星的存在。」

鍾可云當時是用什麼樣的心情，笑著說出這句話的？

離開鍾家走去捷運站的路上，馨玫正好傳訊息來，我馬上撥電話給她，告訴她可晴想跟她見面。

馨玫在電話另一頭默不作聲。

「可晴還記得妳，她很好奇妳現在過得怎麼樣。就跟她見個面吧，好嗎？」我努力想要說服她。

「……諺文哥爲什麼要這麼做？」馨玫輕聲問，「是爲了她？還是爲了我？」

「正確來說，是爲了妳們兩個。我之前就說過，我覺得妳們兩個應該可以成爲談得來的朋友。」我微微一笑，「當然，還是要尊重妳的個人意願，如果妳不願意也無妨，我能理解。」

「……好。」馨玫遲疑了一下，還是答應了，「如果這是諺文哥所希望的，那我願意跟鍾可晴姊姊見面。」

馨玫答應後，我立刻聯絡可晴，爲兩個女孩訂下見面的時間地點。

此時，偉杰主動打了電話給我。

「我在澎湖，下週回台北。」他言簡意賅地說。

「總算要回來了？」我陰陽怪氣道。

「幹麼？怎麼了嗎？」他笑了。

「你還裝傻！」

我曾一度無法諒解，偉杰爲何瞞著我尚洺與可晴過往的那些牽扯，但現在在電話裡對他發脾氣也於事無補。

我無奈嘆了口氣，「這陣子發生太多事，簡直快超出我的負荷，完全不知道自己是怎麼撐過來的。」

「但你終究撐過去了不是嗎？你爸身體狀況穩定下來，你也續任鍾可晴的家教，應該沒什麼事讓你煩心了吧？」

我腦中驀地浮現出鍾可云的臉。

所以，我此刻是在爲她煩心？我先是苦笑著搖搖頭，隨即心念一轉，想到偉杰遊覽過世界那麼多地方，或許曾經聽聞，甚至去過那間開在河畔、種滿各式玫瑰的美麗餐廳。

「……其實我有件事想請你幫忙。」

❄

隔天下午，鍾可云聯絡我，要我陪她去看電影。

我不是很情願，但爲了能從她口中探問一些事，我還是赴約了。

買完電影票，她去洗手間，我去買爆米花和飲料，之後再一同搭手扶梯到樓上的影廳，坐在椅子上等候入場。

「我答應跟妳出來看電影，作爲交換，可以問妳幾個問題吧？」我說。

「可以。」都還沒開始看電影，鍾可云就已經吃掉大半盒爆米花。

也不知道爲什麼，我對那天在醫院看見的那一幕始終很在意，直覺鍾可云與那名有婦之夫之間的關係並不單純，卻又不確定該不該當面問她。

可晴說，鍾可云這次回台灣，是因爲有想見的人，莫非她想見的就是那個男人？

最後我還是沒問出口，換了個乍聽之下像是閒聊的話題：「妳會在台灣待多久？」

聞言，鍾可云沒有馬上回答，眼神卻有點變了。

好似這個問題觸碰到她的心事。

「沒有多久了。」她拾起一顆爆米花送進嘴裡，「所以無論如何我都想盡量爭取跟你相處的機會，就算我天天吵著見你，也請你看在我幫你和可晴和好的份上，容忍一下吧。」

「這是什麼意思？」

「你想知道？」

「妳話都說到這種程度了，我當然想知道。」

「好。」鍾可云騰出右手，指向站在我們前方三公尺遠的一對男女，「看見那個穿白色外套的男人了嗎？你現在過去踹他，我就告訴你。」

「別鬧了。」

「我認眞的，你不做嗎？」

「廢話，開玩笑也該有個限度。」我有些惱了。

「我沒在開玩笑。」她斂起笑容，正色說：「要是你不肯，我等會就打電話給我爸媽，告訴他們你其實不是同性戀，而且你還是許尙洺的直屬學長，到時候就算可晴爲你求情，他們也不會輕易原諒你。」

「妳在威脅我？」我不可置信地挑眉。

「對，所以照我說的去做。你不能只是輕輕踢一腳，而是要把那個男人踹倒在地上。別擔心，我不會害你惹上麻煩的。」

「妳要我去攻擊一個陌生人，還說不會害我惹上麻煩？是妳瘋了還是我瘋了？」我又是好氣又是好笑，「妳要跟妳爸媽說就去說，我無所謂。」

「倘若娟姨被解雇，你也無所謂嗎？」鍾可云面不改色道。

我一愣，「爲什麼突然扯到娟姨？」

「她明明知道許尚洛一直偷偷聯繫可晴，也知道你是許尚洛的直屬學長，可是她卻沒有通報我爸媽，那麼她不就等於是你和許尚洛的共犯？你覺得我爸媽還會繼續信任她嗎？還會留著這樣一個人貼身照看可晴嗎？」鍾可云似笑非笑地看著我。

我胸口一陣發涼。

這女人並非在說笑，她是認真的。

三分鐘後，我焦慮不安地走向那名穿白色外套的男人，停在他的身後。

白衣男正和女伴愉快聊天，從兩人的互動判斷，應該是處於友達以上、戀人未滿的曖昧階段。

事情怎麼會變成這樣？

鍾可云始終緊盯的視線猶如芒刺在背，我絕望地閉了閉眼，不得不照她的吩咐去做。

我咬牙抬腳朝白衣男的後膝用力一踹，對方立刻慘摔在地，他手上的可樂也同時往前飛出去。

白衣男氣憤且狼狽地從地上爬起，奪過他女伴手上的可樂往我身上扔，濺得我一身濕。他朝我大聲咆哮，我無法爲自己莫名其妙的舉動辯解，只能任憑他辱罵。

然而當鍾可云走過來站到我身邊，白衣男卻忽然噤聲，高漲的氣焰頓時全消。

「我們剛才在一樓的女廁見過吧？」鍾可云笑著問他。

女廁？我過了三秒才反應過來。

「當時我正要走進女廁，卻見你手上握著手機，神色慌張地從裡頭衝出來，差點撞上我，過沒多久，你的這位女伴也從女廁走出來。如果我沒猜錯，你應該是在偷拍你的女伴如廁吧。」鍾可云大聲說。

白衣男的女伴又驚又怒，當場要他交出手機。

白衣男抵死不從，心虛之下就想轉身逃跑，我連忙拽住他，伸手往他外套口套探去，果然找到了他的手機，我果斷地把手機扔給鍾可云。

白衣男的手機居然沒設密碼，鍾可云很快點開相簿，找到了他偷拍的證據。人證物證俱在，圍觀群眾馬上通報警衛，旋即將白衣男送警法辦。

白衣男的女伴向我們道謝，其他人也對我們的英勇之舉報以熱烈掌聲。事情圓滿落幕，我卻再無興致觀影。可樂黏膩的感覺令我很不舒服，恨不得立刻回家沖澡更衣。

鍾可云看出我的不適，很乾脆地表示那就不看電影了。然而一離開電影院，她卻硬拉著我坐上一輛計程車，朝司機報出一串陌生的地址。

她帶我來到一戶四十坪左右的高級公寓，位於三樓，是她舅舅昔日的住處，她這幾個月就住在這裡。

鍾可云領著我走入一間臥室，裡頭有一整片落地窗，窗外沒有任何高樓阻擋，可以清楚看見不遠處的河道及運動公園。

臥室的牆面掛有十多張攝影照片，黑白彩色都有。

我盯著這些照片看了許久，微微陷入恍惚，這些照片給我一種似曾相識的感覺。

「你喜歡這些照片？」

鍾可云的聲音打斷我的思緒。

「……大概吧，我不知道。」

鍾可云忽然上前一步，動手解開我外套的鈕扣。

我猛地抓住她的手，喝斥道：「妳在做什麼？」

「幫你把衣服脫下來拿去洗呀，不是沾上可樂了？」她答得理直氣壯。

「那也不用妳幫我脫吧？還有，妳幹麼硬拖著我過來這裡？爲什麼不讓我回自己家換衣服？」這個問題我從剛剛就想問了，只是不想當著計程車司機的面開口。

「我怎麼可能讓你回自己家？」鍾可云輕輕一笑，伸手往我胸膛用力一推，我不由自主仰倒在後方柔軟的床鋪上。

她像貓一樣迅速輕巧跳上床，整個人罩在我身上，在我張嘴罵人之前，她已經先用柔軟溫熱的唇堵住我的。

光是輕吻還不夠，鍾可云的舌尖撬開我的嘴，更深入地吻我。

我腦袋一片空白，竟是動彈不得，只能任她擺布。

不知道過了多久，她的唇終於稍稍退開，下一秒卻又舔吮了一下我的唇，像在品味著什麼，這個舉動引起我劇烈的顫慄。

「你的嘴唇也沾到可樂了。」她微笑。

我隨著她這句話清醒過來，大力將她推開，跳下床與她保持距離。

「鍾可云，妳搞什麼鬼？」我完全失去冷靜，忍不住大吼，「為什麼要這麼亂來？」

「當然是因為想要你，不然我幹麼帶你來這裡？」她依舊一副理所當然的樣子，「如果你是顧慮我爸媽，不用擔心，我跟鍾家已經沒有什麼關係，無論我做什麼，他們也不會在意。」

「不是這個問題！」

「那是什麼問題？啊，沒有套子是嗎？我去樓下超商買，你等等。」鍾可云說著就要走出房間。

我抓住她纖細的手腕，卻不敢從她的瞳眸裡看見自己現在的表情。

「妳聽好，我對妳沒有這方面的想法，也不打算跟妳做這種事。妳再這麼不尊重人，今後就別見面了！」我對她說了重話。

「那要怎麼做，你才能對我有那方面的想法？」鍾可云竟也變得正經起來，眼裡常有的戲謔全都消失了，「我就是很喜歡你，很想要你。不管我怎麼做，你都不會對我產生欲望嗎？」

她的直白讓我啞口無言。

下一秒，她竟又像頭任性的小獸，冷不防往我衝來，企圖把我撲回床上。這次我及時抓住了她的肩膀，阻止她再靠近。

「我不是在開玩笑，妳再這樣，以後眞的就別聯絡了。」我耐著性子做出最後的警告。

「除非你老實回答我的問題。」鍾可云倔強地抿緊了嘴唇。

「妳這個人行事我行我素，我根本無法相信妳！」

「爲什麼無法相信我？你不說清楚，我是不會停手的。」她雙眼灼灼，眼中像是有一團火在燒。

見她開始一件一件脫去自己身上的衣服，我臉色大變，口不擇言道：「妳明明就有對象，爲什麼還要騙我說妳喜歡我？」

她停下動作，歪著頭看我，「你在說什麼？」

我只得供出那天在醫院撞見的那一幕。

鍾可云聽完卻放聲大笑：「哎唷，我跟他不是那種關係啦，你誤會了。」

「可看上去就像是那麼回事。」

雖然不是沒有想過，對於自小在國外生活的鍾可云來說，那個親吻可能只是日常招呼，但她與那個男人相處時，那種微妙的親密感，還是讓我很難相信他們之間並未存在超出一般的情誼。

鍾可云笑而不答，只說：「今晚你留下來好不好？」

「幹麼？」我警覺心起。

「留下來聽我回答你的問題呀，你不是想知道我打算在台灣待多久？那個男人去世後，我就會離開。」

「去世？」

「嗯，他活不久了。其實當你答應我去踹那個白衣男的時候，我就決定要跟你說這件事了。不過在這之前，你先去洗澡吧。」

她打開衣櫃，在爲數不多的衣物裡翻找一陣，找出一件全新的睡袍。

「你洗完澡後，先換上這件睡袍。我會幫你把髒衣服丟進洗衣機，這邊也有烘衣機，很快就能弄好。上次跟你借的襯衫也順便一起還你。」

手上拿著那件高級睡袍站在浴室裡，我激盪的心情久久難以平復。

莫名其妙被一個十八歲女生帶到家裡、被她壓倒在床上，還被她強吻……這些荒唐事怎麼會發生在我身上？鍾可云是行事誇張沒錯，但年長她好幾歲的我竟然也任由她亂來，我很難把所有的責任都推到她身上。

雖然我確實很想從鍾可云口中得到許多問題的答案，但繼續與她孤男寡女共處一室，實在太過危險。而且要是她把這件事說出去，我實在不知道怎麼面對可晴和娟姨。

從浴室洗完澡出來，我打算告訴鍾可云，等衣服烘乾，我就會換上衣服離開，卻見她已經在客廳備妥了點心和飲料。

「你穿這件睡袍很性感耶，好誘人喔。」注意到我的臉色頓時轉爲鐵青，鍾可云笑得樂不可支，「放心，我就是說說而已，我今天什麼都不會做！」

「等衣服烘乾我就回去。」我硬梆梆地說。

「不要啦，外頭都下雨了。我保證不會再對你做什麼，也不會跟任何人說你來過這裡。」她似是看出我心裡的擔憂。

「我沒辦法相信妳。而且妳還是該謹慎些，別輕易帶剛認識不久的男人回家。妳一個人住，又是個力氣不大的年輕女生，哪天眞碰上壞人怎麼辦？」

「我知道了，對不起，不會再有下次了。」

這一次她答得很慎重，和方才的輕佻態度截然不同，我不禁愣住。

接著她離開客廳，去到另一個房間，出來之後，她遞給我一樣東西。

那是一張被護貝起來的照片。

兩名相貌堂堂的年輕男子，站在中正紀念堂的廣場上合影，兩人笑容燦爛，看似交情甚篤。

右邊頭髮偏長的俊秀男子，笑起來與鍾可云有幾分神似，還有跟她一樣的酒窩。

「我舅舅非常珍視這張照片，也對我很重要。現在我把這張照片交給你，要是我做出讓你不高興的事，你就毀了它。」

我看著照片半晌，指著那名有酒窩的男子，「這個人就是妳舅舅？」

「嗯，站在他旁邊的，是你在醫院看到的那個男人。這張照片是他們在二十一年前拍的，當時兩人才二十歲。」

鍾可云說，那個男人叫潘智平。

我隱隱猜到了些什麼，「妳舅舅也和妳一塊回來了？」

「沒有。」

「所以妳是特地代替妳舅舅回來，照顧他的朋友直至他生命的最後一刻？那個人生了什麼病？」

「大腸癌末期，我見到潘智平時，醫生已經宣判他活不過半年。我舅舅不知道潘智平生病的事，也不知道我這次回台，其實是去找他。」

「妳不打算告訴妳舅舅？」

「我當然想，但潘智平不許我這麼做。他不想讓我舅舅得知自己深愛過的人即將死去，更不願見到我舅舅再次爲了他傷痛欲絕。」

對上我訝然的眼神，鍾可云平靜地點點頭：「他們曾經是戀人，因爲戀情不被世俗允許而分開。雙方家人的反對與打壓，讓他們承受了極大的壓力，身心俱疲，潘智平在二十八歲時決定與另一個女人結婚，我舅舅選擇離開台灣，遠走高飛。幾年後，我舅舅聽聞我爸媽打算把我丟給別人養，便決定也把我帶到國外，獨力撫養我長大。這十年來，我和舅舅相依爲命，早就不覺得自己與那個家有什麼關聯了。」

說到這裡，鍾可云停下來，拿起飲料喝了一口，我耐心等候她繼續往下說。

「我和舅舅生活得很幸福，如今他也有一位交往六年的戀人。有一天，舅舅給我看了這張照片，告訴我他和潘智平的故事。潘智平是我舅舅心中難以忘懷的遺憾，他期盼對方現在也能像他一樣幸福快樂。我想回報舅舅一直以來對我的照顧與付出，於是找了個藉口回到台灣，瞞著他尋找潘智平的下落。沒想到，最後得到的消息卻是潘智平已身染絕症，沒多少日子可活了。」

我想起那天她在醫院和潘智平的妻女擦身而過的畫面。

「妳這麼常去探望他，他的家人難道沒見過妳？」

「當然有，我第一次去醫院見潘智平時，他的阿姨也在病房裡。我舅舅說過，潘智平曾是小學老師，所以我謊稱自己是他從前的學生，而潘智平一看到我，立刻就猜出我是誰了。」

「因爲妳跟妳舅舅長得很像？」

「嗯，他很震驚，卻也非常高興。我一提起舅舅，他就流下了眼淚。」

「他……還愛著你舅舅？」

鍾可云搖頭，「他應該是聽到我舅舅已經近乎失明，才會難受落淚。」

「失明？」我十分驚訝。

「我舅舅三十五歲時在工作中出了意外，視神經遭受損傷，只看得見模糊的光影，不過他並未因此失意潦倒，既然無法再拍照，就重拾琴藝。在努力不懈之下，現在的他就跟知名鋼琴家**Kevin Kern**一樣，即使看不見，也能彈一手好琴，他天天都在自己經營的酒吧裡表演，很受客人歡迎。」

「眞了不起。」我由衷佩服。

「對吧？」鍾可云眼睛彎起，深以舅舅爲傲之情溢於言表，「他從小多才多藝，除了精通鋼琴，也是個攝影高手，掛在房間牆上的那些照片就是他以前的作品。他和潘智平因爲加入大學攝影社結識，進而墜入情網。」

鍾可云接著又告訴我，潘智平很歡迎她時常去探望他，但是考慮到妻子的感受，他希望鍾可云能隱瞞眞實身分。潘智平的妻子爲了照顧他和兩個年幼的孩子，已是心力交瘁，若再知曉丈夫的這段過去，對她將是很大的打擊。而且潘智平的父母及兄弟姊妹，對鍾可云的舅舅也還留有印象，他不想過去的傷疤再度被掀開。

鍾可云能理解潘智平的顧慮，便只在對方親屬不在時前去探視。

此外，潘智平也提出要求，絕不能讓鍾可云的舅舅得知他來日無多，他寧可讓鍾可云的舅舅以爲他過得很好，也不願他知道眞相。鍾可云的舅舅固然是他永生難忘的初戀情人，但如今妻兒才是他放在首位的對象，他想守護她們至他生命的最後一刻。

潘智平態度堅決無比，令鍾可云心中起了動搖。

「我開始覺得或許隱瞞我舅舅是正確的，畢竟我也不忍見舅舅悲慟傷心，我想遵照潘智平所言，什麼都不告訴舅舅，讓舅舅以爲他過得很好，然後代替舅舅，陪伴潘智平走完人生最後一段路。」鍾可云說完，停頓了很久，才又低聲問：「你覺得我能這麼做嗎？」

「……為什麼要問我？」我不覺得自己有資格為這件事下評斷。

「我想知道你會如何選擇。在你拯救了可晴之後，我就覺得你也許能給我正確答案。」鍾可云向我望來，「如果是你，你會告訴我舅舅嗎？」

我在她的凝視下動彈不得。

「我不知道。」沉吟半晌，我老實說出自己的想法，「但只要是為了守護重要的人，無論妳做出什麼決定，我都不會認為妳有錯。」

「真的？」鍾可云笑了，「聽你這麼說，我的心情輕鬆多了。好啦，現在換我去洗澡，等等繼續聊，你不可以趁機溜走喔！」

於是這晚我還是留下來了。

鍾可云話匣子一開，就完全停不了，硬是抓著我聊到三更半夜才肯放我去休息。

她安排我睡在她舅舅的臥室，我沒有立刻上床就寢，而是走到掛在牆上的其中一幅照片前，長久凝視。那是張黑白照片，畫面中的一群路人正在過馬路。

鍾可云的舅舅精準捕捉到每位路人的表情，我彷彿能從這群路人的神韻裡，感覺出他們當下的心情。

這是幅越看越有味道的出色作品。

眞的好奇怪。

我很確定自己是第一次看見這些照片，但爲何就是有一股難以言喻的熟悉感？

帶著這份疑惑，我在幽暗中躺上柔軟舒適的大床，睡意很快如浪潮般席捲而來。

這一夜，我久違地夢見了一個人。

筱婷獨自坐在我們從前的房間，靜靜仰頭望著天花板，一動也不動。

像在等待天空降下雪。

Chapter 14

鍾可云希望我能找一天陪她去看潘智平。

或許是被她舅舅和潘智平的故事打動，加上也沒有不能這麼做的理由，我便同意了。

「你爲什麼把IG設成不公開了？」

鍾可云在我上課時傳來訊息，她果然仍持續關注我的IG。

我飛快寫好訊息回傳。

「這是我的隱私，我只讓認識的朋友追蹤。妳如果想看，就對我發送追蹤要求。」

她也很快已讀，一分鐘後，她的訊息又來了。

「你這個奸詐鬼！」

鍾可云不是笨蛋，當然想得到，若是對我發送追蹤要求，必然會暴露她的帳號。

「妳才奸詐。」我嘀咕了一句，撇了撇嘴角。

見她不肯，我倒也沒多扼腕，我本來就不覺得她會這麼做。

週六傍晚，我在可晴家附近的捷運出口等候馨玫，接她前往鍾家。

見面的這一天，兩名少女都有些緊張，可晴拿出身爲姊姊的風範，主動向馨玫釋出善意，兩人的互動越來越自然，客廳也開始有了歡笑聲。

她們很快就變得熟稔起來，兩個小時後，我本來和馨玫說好要一起離開，可晴竟要我一個人先走，她還想跟馨玫說一會話，馨玫也同意了。

看著綻放在她們臉上的笑容，我很慶幸自己做下這個決定。

隔天幫可晴上課，我問她昨天把馨玫留下來聊了些什麼。

「沒什麼。」可晴淡淡說完，便專注看著課本，我也不好多問。

直到上完課，可晴才忽然告訴我：「老師，下週六馨玫會來我家住一晚。」

「眞的？妳們什麼時候約好的？」我一驚。

「就在昨晚你走了之後，而且我們各自徵得家人的同意了。」

才相處幾個小時，兩人的交情居然就進展到這地步，我在心裡嘖嘖稱奇，覺得女孩子果然不簡單。

「太好了，看樣子妳們滿聊得來。」我很替她們高興。

「老師，過來一點，我有個祕密想跟你說。」可晴示意我靠近。

「好。」

我俯身將耳朵湊過去，沒等到她的祕密，只等到她落在我臉上的一個輕輕的吻。

「老師，你別生氣，我只是想謝謝你爲我做的事，沒什麼特別的意思。」

我愣愣地看著這個女孩，不知該作何反應。

可晴露出調皮的笑容：「不要說出去喔。」

不只可晴，馨玫也對我做出了驚人之舉。

她以感謝我促成她和可晴結爲好友爲由，第一次主動邀請我共進晚餐，地點由我決定，我選了自己常去的那間咖啡館。

「妳們都太客氣了，我什麼也沒做，只是在旁邊推了一把，促使妳們有個機會見面罷了。」吃完飯後甜點，我笑著說：「而且也是因爲妳有心幫助可晴，事情才能走向這樣皆大歡喜的發展，妳才是促成一切的人。」

「不是的。」馨玫搖搖頭，「諺文哥，對不起，我把可晴姊的那段過去告訴你，起初的用意並非爲了幫助她。我騙了你。」

我疑惑地看著她，不明白她是哪裡騙了我。

馨玫深吸一口氣：「我是因爲不想見到你失落傷神，才會這麼做。比起可晴姊，我心裡更在乎的是你，我想讓你眼中的陰霾少一點，笑容更多一點。」

看著馨玫染上紅暈的雙頰，我隱約有些明白她接下來要說什麼。

「過去我一直很羨慕筱婷姊姊。」馨玫的聲音因緊張而微微顫抖，「每次二哥帶我參與你們的聚會，我都能感覺到你對她的珍惜，像是每一次去小吃店用餐，你總會先用紙巾替她擦拭餐具。看著你爲她做出種種貼心之舉，我常忍不住想，若能被一個人這樣用心呵護，一定很幸福。

「筱婷姊姊背叛了你，你爸爸也在差不多時間生病，你卻失去了學校的助教工作，肩上的經濟壓力很重，心情一定更不可能好受。你明明自己過得那麼辛苦，卻依然對我付出關心，每個星期六都帶我出去玩，在我迷惘時給予我指引和鼓勵。當我開始期待收到你的訊息，期待星期六的來臨，我就確定自己是眞的喜歡上你了。」

四周客人的談笑聲，彷彿被一層看不見的膜隔了開來，我耳裡只能聽見馨玫越趨平靜的話聲。

「我本來打算將這份心意永遠藏在心裡，可晴姊卻鼓勵我說出來，我才決定鼓起勇氣向你坦白。」

「可晴？」

「嗯，可晴姊看出來了，我告訴你她的事，從頭到尾都不是爲了她，而是爲了你。其實這並不難看出來，是你把我想得太善良，才會把我的這個舉動解釋成是爲了可晴姊。」馨玫勉強一笑，「那天你先離開後，可晴姊便問我是不是喜歡你？我沒有否認，可晴姊便要我別留下遺憾，起碼在離開台灣之前，將自己的心意傳達給你。」

「妳要離開台灣？」我嚇了一跳。

「我爸爸希望我高中畢業就出國念書，將來協助打理家裡的事業，我並不排斥，也就同意了。」馨玫斂下閃著淚光的眼眸，「我知道你始終把我當成妹妹看待，光是這樣我就很滿足了。只是可晴姊的鼓勵，讓我第一次有了想爲自己勇敢一次的念頭，我害怕再猶豫下去，就會失去勇氣，才選在今天對你說……造成你的困擾，實在很對不起。」

「老師喜歡她嗎？」

可晴曾經問我是否喜歡馨玫。

莫非可晴當時已經察覺，馨玫之所以告訴我可晴的過去，眞正的動機或許並非我所理解的那樣？

而可晴那天忽然親吻我，與馨玫決定向我告白有關嗎？可晴說她那一吻只是想感謝我對她的付出，她說的是眞的嗎？

「妳不用道歉。」我對眼前的女孩露出微笑，「雖然無法回應妳的感情，可是我很高興。馨玫，謝謝妳喜歡我。」

馨玫積蓄在眼眶的淚水滾落下來。

她抬手抹去，卻是越抹越多，我起身走到她座位旁邊，用紙巾爲她擦拭。

止住眼淚後，馨玫忐忑地開口：「你之後還願意見我嗎？」

「當然願意啊，妳怎麼會這麼問？」我給了她一個大大的笑容，希望能驅散她心中的不安。

馨玫像是終於放下心來，滿臉通紅道：「諺文哥，這件事請別告訴我二哥。」

我笑著允諾，「我也不敢讓他知道，要是他發現寶貝妹妹被我弄哭了，他不宰了我才怪。」

馨玫破涕爲笑。

我告訴馨玫，自己還想在咖啡館坐一下，但時間不早了，她差不多該回家了。馨玫點點頭，乖巧地向我道別。

我又點了一杯咖啡，才喝了一口，就見鍾可云忽然出現，她拉開椅子，笑容滿面地在我對面坐下。

「妳怎麼會在這裡？」

「這間店只有你能來嗎？我也是這間店的常客，我剛剛就坐在角落那邊。」

鍾可云把她喝了半杯的果汁也一起帶過來了，看來她所言非虛。

「剛剛那是怎麼回事？那個女生向你告白，然後被你拒絕了？」

「不關妳的事。」我沒好氣道。

「至少告訴我她是誰啊，反正我又不認識她，讓我知道也沒關係吧。」

我無奈地嘆了口氣。我對鍾可云的個性有幾分了解，倘若不告訴她，她大概會纏著我一整晚，不肯罷休。

「她是我大學同學的妹妹，名叫高馨玫。」我停了一下，又說：「馨玫和可晴以前認識，她們曾經就讀同一所小學，說不定妳也對她還有點印象。最近因爲我的緣故，兩人重新連絡上了，還挺談得來的，可晴邀她這週六到家裡過夜。」

「我不認識高馨玫，但高家的孩子我是知道的，也聽說過她家的一些事。」鍾可云眼中流露出一抹溫柔的欣喜，「可晴長年在家自學，沒什麼同年紀的朋友，她們兩個如果能成爲好友，可晴也算是有個聊天談心事的對象。」

鍾可云此刻的淺淺笑容，讓我有點看傻了，沒想到她會有這樣成熟的表情。

離開餐廳後，她難得沒有多做糾纏，向我說聲再見，轉身就走。

我忍不住叫住她：「妳要去哪裡？」

「去看可晴，順便跟她商量一件事。」說完，鍾可云頭也不回地離去。

到了下一次爲可晴上課，我才從可晴口中得知，鍾可云那天說要跟她商量的事，竟是約我和馨玫一起出外踏青。

可晴問我這週六有空嗎，我不解鍾可云爲何突然做此提議。

「可是妳的身體能出門嗎？」

「我的身體根本沒有我爸媽說得那麼差，他們只是怕我會去找尚洺哥，才拿這理由限制我的行動。只要我跟他們說，你要帶我和馨玫出去玩，就不會有問題。」可晴用像是小狗般無辜的眼神看著我，「你肯答應嗎？」

不忍辜負可晴的期待，我立刻就答應了：「好啊，妳一直待在家裡也不好。不過馨玫怎麼說？我記得她週六白天有輔導課，下午也要去補習。」

可晴很驚訝，「我不知道她週六行程這麼滿，本來打算等你同意再去問她的……我很想我們四個人一起出去玩，也想介紹馨玫給可云認識，難道沒有別的辦法嗎？」

我當然可以力勸馨玫蹺課，我並不覺得蹺一天課有什麼大不了，只是馨玫可能並不那麼想，倘若學校或補習班將此事通報她的家人，她必定將受到責難，尤其是來自高海珹的不滿。

幸好，隔天偉杰就從澎湖回來了，一接到他的電話，我宛如找到救星，馬上請他幫忙。

偉杰得知原委，爽快答應伸出援手，並主動表示，他願意在出遊那天當我們的司機。

週六早上，偉杰先來接我，再開著廂型車抵達鍾家，可晴已經牽著奧斯卡在樓下大門口等候。

五個人加上一隻狗，一行人熱熱鬧鬧離開台北，朝東部前進。

我坐在副駕駛座，聽著後座的鍾可云滔滔不絕講述她在國外生活的各種糗事，把可晴和馨玟逗得笑聲連連，我的嘴角不禁也跟著上揚。

偉杰冷不防對我說：「你身邊變得眞熱鬧。」

「是啊，不知不覺就這樣了。多虧有你，馨玟才能放心出來玩，謝啦。」

「我幫我妹，你謝我幹麼？」他白我一眼，卻也笑了，「我很久沒看她這麼開心，也沒想到還會再見到這對雙胞胎姊妹。」

聞言，我想起一件重要的事，趕緊囑咐偉杰：「鍾可云的爸媽不曉得她回來台灣，請你別跟任何人提起。」

「知道了。」偉杰淡淡應下，依舊不會多問原因，「你爸身體如何？」

「穩定多了。下禮拜他生日，我要回去幫他慶生。」

「要開車送你一程嗎？」

我失笑，「不用，我自己搭高鐵就行了。你這次會留在台灣多久？」

他想了一下，「應該會比之前久，但未必都在台北就是了。」

「嗯。」

我忽然注意到，儘管後座女孩們的談話聲還在繼續，卻似乎少了一個人的加入。回頭望向沉默下來的那個女孩，我關心問道：「可晴，有哪裡不舒服嗎？還是暈車了？」

可晴愣了下，連忙搖頭，「我沒事，老師你別擔心。」

「那就好。」見可晴氣色還不錯，我便繼續與偉杰交談。

然而過沒多久，當我瞥向後視鏡，卻發現可晴始終凝神注視著前方某處。

她在看偉杰。

Chapter 15

偉杰本來要帶我們去宜蘭一處海灘，卻在即將抵達之際，發現一團烏雲正從遠方湧來，看起來隨時會下雨，便臨時更改目的地。

經過一座河濱公園時，太陽又出來了，烏雲也已然散去，天空恢復一片蔚藍。最後我們決定去這座占地廣大的美麗公園走走。

公園裡有小孩在河邊玩耍，有遊客愜意騎著單車，還有人在放風箏。

看到綠油油的大片草地，奧斯卡如同脫韁野馬，興奮地衝了過去，若非鍾可云及時抓住牽繩，牠必定一溜煙就跑不見了。

爲了這次出遊，娟姨特地準備五人份的美味餐點，供我們野餐。

吃飽後，三名少女與奧斯卡在草地上玩飛盤，和我並肩坐在旁邊吹風的偉杰冷不防開口：「你學弟怎麼樣了？」

我看他一眼，無聲地嘆一口氣。

「我已經跟他把話講清楚了，或許他還需要再多點時間才能放下吧。」接著，我終於問了偉杰那個我一直想問的問題，「你爲什麼不在一開始就告訴我？」

「我本來覺得等你與鍾可晴相處一段時間，實際了解她的狀況之後，再告訴你會比較恰當，沒想到馨玟會先一步跟你提起。」

「如果當時我選擇不當可晴的家教，你還會告訴我嗎？」

「坦白說，我挺有把握你會接任鍾可晴的家教。你一旦確定目標，就不會輕易被任何事影響；而盡早賺取足夠的金錢照顧你爸，就是你當時的目標。所以儘管你能猜到鍾家給出高薪，意味著情況並不單純，你還是決定接下這份工作，以及儘管鍾可晴百般刁難你，你也會咬牙撐下去，不會主動離職。」

我瞪著他，忍不住笑罵：「乍聽之下是在誇我，其實你根本從頭到尾都在等著看好戲吧？」

繼續閒扯幾句，偉杰將目光重新落向前方的幾位少女。

「剛才我就想問了，你和鍾可云是什麼關係？你們感情挺好的。」

「怎麼說？」我不懂偉杰爲什麼會這麼認爲。

從早上到現在，她們三個女生幾乎都膩在一起，我和鍾可云並沒有太多互動，連話也沒說幾句。

「你對她的態度，跟對鍾可晴還有我妹不同。很直接，卻也很放鬆，你自己沒感覺？」

我微怔，突然間有點答不上話，「可能是因爲發生過一些事……我不太會用對待妹妹的方式跟她相處。」

「你們發生過什麼事？」偉杰會問原因，表示他是眞的覺得好奇了。

然而想到鍾可云對我做過的各種脫序行徑，我實在難以啓齒，只得先裝傻帶過。只是既然提到了鍾可云……我心念一轉，決定徵詢偉杰的看法。

「欸，我最近碰到一件怪事。有個人說我曾經去她的IG留言，可是我完全不記得。」我暫且不明說那個人就是鍾可云。

「你之前就認識她？」

我搖頭。

「那你是碰上詐騙？還是帳號被盜？或者是你在意識不清的狀態下，胡亂去到別人的IG留言卻不自知？比如喝醉的時候。」偉杰列舉了幾種可能。

「應該都不是。」我搖搖頭，「那應該是四個月多前的事，但我已經有好幾年沒喝醉到那種程度了。對方堅稱，我在留言裡寫下『天龍國』三個字。」

「天龍國？你會在什麼情況下，留這三個字給別人？」

「我如果想得起來就不用問你了。」我此刻的表情應該是一臉無奈。

「你們見過面？」

「嗯。」

偉杰思索片刻，「你常到陌生人的IG底下留言嗎？」

「沒有，我沒那麼愛玩IG，也只會留言給認識的人，我甚至一個個檢查過自己追蹤的帳號，但就是沒發現可能是她的人選。」

「對方會不會是網紅？」

「網紅？」

「嗯，或許是你追蹤過某個網紅，看到某張覺得喜歡或讓你有感觸的圖片，於是順手留言，像是那張圖片讓你聯想到了台北，所以你才會寫下『天龍國』。也不是完全沒有這種可能吧？」

聽完偉杰這番煞有介事的推論，我才發現自己竟不曾從這個方向思考過。

「對了，你託我找的那間餐廳，我列出了幾個可能的選項，我把照片都存下來了，你看一下。」

偉杰把他的手機遞給我，我的手指在滑過第三張照片時停住了。

「這間餐廳……是在哪裡？」

「在義大利的威尼斯。」偉杰朝我投下震撼彈，「雖然算不上是什麼觀光名店，但因爲店外種滿玫瑰花，在當地也算是小有名氣。」

那間餐廳牆身是粉紅色的，屋頂漆成白色，店門外種滿許多玫瑰花，美麗得如夢似幻。一塊玫瑰形狀的紅色看板懸掛在門側，上頭刻印著這間餐廳的店名「IL NOME DELLA ROSA」。

偉杰告訴我，店名翻成中文是「玫瑰的名字」，源自於一部知名文學著作。

我驀地心跳加快。

我想起來了。

鍾可云沒說謊，我確實來過這裡……

「二哥、諺文哥，小心！」

一股巨大的衝撞力道迎面而來，我手中的手機被撞飛了，整個人也被撞得倒在地上，罪魁禍首奧斯卡對著我的臉一陣猛舔。

馨玟很快追過來，匆忙將奧斯卡從我身上拉開。

「對不起，我剛剛飛盤拋歪了，奧斯卡才會追著飛盤衝過來。諺文哥你要不要緊？」

「沒事。」我坐起身，把身上的草屑拍乾淨。

偉杰盯著奧斯卡看了好一會，忽然開口：「馨玟，飛盤借我一下。」

馨玟笑著把飛盤交給他，扭頭問我：「諺文哥也想一起玩嗎？」

「不用，你們玩就好。」

偉杰加入陪奧斯卡玩的行列，我將他掉在一旁的手機撿回來，螢幕畫面已被鎖住，我無法繼續觀看照片，卻也沒想特意叫偉杰回來解鎖。

這時螢幕跳出一條LINE訊息。

我不經意看了一眼，感覺渾身血液在這一瞬間凝結。

伍筱婷：你願意來喝我的喜酒嗎？

耳邊開始出現嗡嗡聲，我腦中一片空白。

不知道時間過去多久，我緩緩拿出自己的手機，撥出一通電話。

「京京，好久不見。」我的嗓音乾澀無比，「我想問妳一件事，筱婷她……是不是準備結婚了？」

我聽見京京在電話另一端微微倒抽口氣。

「你怎麼知道？難道是筱婷告訴你的？」

「不是，是我偶然間聽別人說的。筱婷決定在這時候結婚，是不是有什麼特殊原因？」

這次京京沉默了一會才出聲。

「筱婷她……懷孕了。」

她的回答應證了我心中的猜測。

京京又解釋，「不然筱婷應該不會想這麼快結婚，喜宴等孩子出生後才辦，也就是年底。」

「我明白了。抱歉，冒昧打這通電話給妳。」

「哎唷，你別這麼客氣，我也一直很想知道你的近況，只是不好意思聯絡你。你最近過得怎麼樣？」京京的語氣洋溢著眞誠的關心。

「我過得很好，請妳別跟筱婷說我今天打了這通電話，拜託了。」

京京答應後，我放下手機，再度沉浸在自己的思緒裡。

「柯諺文。」

一聲呼喚將我拉回現實。

轉頭看清來人前，我的耳朵先聽見了按下快門的喀嚓聲。

站在一公尺外的鍾可云，手持微單眼相機，不偏不倚將鏡頭對準我。

我怔怔問：「妳在幹麼？」

「看不出來嗎？我在拍你。」她移步到我面前，「你怎麼了？」

「什麼怎麼了？」

「你現在的表情，跟我初次見到你時一樣。」鍾可云蹲下來，用澄澈的眼睛與我對視，「發生了什麼不開心的事嗎？」

「沒有，妳多心了。」我硬生生把話題轉開，「妳這台相機看起來不錯。」

「這是我舅舅的，他眼睛受傷後，就把相機給了我。」她再次將鏡頭對向我，「要不要再幫你多拍幾張？我技術挺不錯的。」

「妳還是去拍可晴吧，妳們姊妹難得一起出來玩，趁妳還在台灣的時候，多留下一些屬於妳們的回憶和紀念。」

鍾可云頗爲認同，「沒錯，像今天這樣美好的一天，不是時常都會有的。那我過去嘍。」

只是鍾可云走沒幾步，又折返回來。

我以爲她還想說什麼，沒想到她竟俯下身，輕輕在我唇畔落下一吻。

「安慰你的。」鍾可云笑著跑開。

她的吻來得太過突然，我來不及反應，所幸這一幕並未被其他人看見。

原本我滿心都在想著筱婷的事，這下子心思改被鍾可云所占據。

那間種滿各式玫瑰的美麗餐廳。

筱婷曾說想和我一起去威尼斯，所以在與她分手、並搬離兩人原先的住處之後，我獨自去了義大利五天。

我無法用愉快的心情享受這段旅程，大部分時間，我都是在威尼斯的街頭漫無目的地閒晃，從早晨走到日落，並未留意自己那幾天去過哪些地方。

如今看見這間玫瑰餐廳的照片，才喚醒我的記憶，想起自己確實在某一日經過那裡，然而除此之外，我對那間餐廳便沒有更多的印象，更遑論記起在那裡見過鍾可云，大概是因爲我當時過於魂不守舍吧。

儘管已經解開了一個謎團，但還是有很多事我想不通，像是我是什麼時候，以及爲了什麼原因，主動在鍾可云的IG底下留言的？

我迎著風抬起頭，幾個小小的風箏，伴隨藍天白雲映進了我的視線……

就在那一剎那，彷彿有一道驚雷打中了我，我對著風箏瞪大雙眼，接著拿起手機點開IG，搜尋某個我早已解除追蹤的帳號。

「嗯，或許是你追蹤過某個網紅，看到某張覺得喜歡或讓你有感觸的圖片，於是順手留言，像是那張圖片讓你聯想到了台北，所以你才會寫下『天龍國』。也不是完全沒有這種可能吧？」

找回那熟悉的頁面，我瀏覽照片牆，很快找到想找的那張照片。

一名穿著白衣的老人，拎著黑色垃圾袋行走在擁擠的高樓間，照片十分具有香港電影的氛圍。

「就是『天龍國』，你的留言就寫著這三個字。」

「我爲什麼會寫這種留言給妳？」

「這要問你呀。」

當時我已經從威尼斯回來，偶然看見許多網友在這張照片底下留言，猜測這張照片的拍攝地點，一整排答案裡唯獨沒有我所認定的台北。

所以我才會主動留言，而寫下留言之後，我就解除了對這個帳號的追蹤，並將IG從手機中移除……

現在重新翻看留言區，我果然找到了寫著「天龍國」的那則留言。

而留言帳號確實就是我。

「不過是你先來我的IG留言，所以我才能找到你。」

眞相過於出乎意料，我腦中一片混亂，只能愣愣地抬起頭，望向前方那個正舉著相機拍照的女孩。

「妳還眞是Kite的超級粉絲。」

「那當然！」

鍾可云就是Kite？

Chapter 16

早上八點多的高鐵自由座車廂，空位不少，我隨意找了個靠窗的座位入座。

很快有人在我隔壁坐下，我不經意地抬眼望去，整個人倏地僵住。

「Surprise！」鍾可云的笑容在我眼前綻放。

我眨了好幾次眼睛，確定這不是幻覺。

「妳怎麼會在這？」

「我聽可晴說你這禮拜請假，要回家幫你爸慶生，我就拜託高偉杰幫忙打聽你高鐵票買哪個班次。」

「妳還去纏著偉杰幫忙？」我很是傻眼，難怪前兩天偉杰突然問我高鐵票買哪個班次。

「我沒有纏著他，我一跟他說我正在追你，他就很乾脆地答應幫忙啦。」

偉杰這傢伙竟然出賣我！

「我有允許妳跟過來嗎？而且我這次回去是要過夜的，難道妳打算留宿在我家？」

「要是不方便，我會自己去住旅館，你不必擔心。」鍾可云拍拍我的肩膀，仍然沒有聽懂我話裡的重點，不知道是不是故意的。

我簡直無語了，事到如今又無法趕她下車，而且她也不可能乖乖聽話。

「我要怎麼做，妳才肯打消這個念頭？」

「你老實告訴我，爲什麼突然避著我，我就在下一站下車。」鍾可云盯著我看，像是想觀察我臉上的表情變化，「是因爲我上次在宜蘭親了你嗎？所以你才氣得整整一個星期不理我，連訊息都不肯讀？」

察覺到她語氣裡的失落，我心虛地別過了眼睛。

「不是這樣。」我低聲回答。

「那是爲什麼？」

明明可以坦白告訴鍾可云，我已經知道她第一次見到我是在威尼斯的一間餐廳，以及她就是Kite，但不知道爲什麼，我就是說不出口。

或許是因爲我不曉得該怎麼繼續面對她。

面對身爲Kite的她。

於是我陷入了沉默，眼睜睜看著高鐵駛離下一個停靠站。

直到鍾可云向推著商品推車的高鐵勤務人員買了兩瓶烏龍茶，遞給我一瓶，我才又重新看向她。

對於鍾可云就是風靡全球、在網路上擁有百萬粉絲的Kite，我依然沒有真實感，一度半信半疑。

如果她真的是Kite，就表示她早在十二、三歲的年紀，就能夠拍出具備專業水準的照片，是名副其實的天才。

我扭開瓶蓋，喝了口茶，「那天在宜蘭，妳不是說妳拍照技術不錯？可以讓我看看妳拍的照片嗎？」

「當然。」

鍾可云二話不說便拉開背包拉鍊，拿出的卻不是手機或之前那台微單眼相機，而是一本隨身小冊，她從小冊裡抽出一張照片遞過來。

背景是繽紛的花壇，照片中兩名英俊男子一站一坐，站著的是有著西方面孔的褐髮男人，坐在長椅上的那位則是鍾可云的舅舅。褐髮男人將雙手搭在鍾可云的舅舅肩上，兩人眼神溫柔，對著鏡頭微笑，這張照片美得令人屏息。

相較於鍾可云先前給我看過的另一張照片，鍾可云的舅舅面容多了幾絲皺紋，眼裡也有了經過歲月洗禮的滄桑，卻仍不減俊秀，他的笑容也絲毫未變，與二十歲時的他一樣溫暖耀眼。

至於那名褐髮男人，想必就是鍾可云的舅舅現在的伴侶了。

「他叫Angelo，是我舅舅的男友。老實跟你說吧，我第一次見到你，就是在Angelo開的餐廳。」

我恍然大悟，所以當時鍾可云才會出現在那裡。

「這張照片是我兩年前拍的，算是我的得意之作，是不是很漂亮？」她一臉眉飛色舞。

這一刻，我終於確定鍾可云就是Kite，這種如夢似幻的細膩光影，我只在Kite的作品中見過。

「妳學過拍照？」

「算有吧，我是跟我舅舅學的，他眼睛受傷後，我決定接替他拍下去，但我始終無法拍得跟舅舅一樣好。」

我想起在鍾可云舅舅家看見的那些照片，心裡總算明白，原來是因爲鍾可云和她舅舅的攝影風格非常相似，我才會覺得那些照片有股熟悉感。

「沒那回事，妳拍得很好。」我情不自禁地說。

鍾可云眼中閃過喜悅的光芒，「這是你第一次稱讚我耶！」

我尷尬地低咳一聲，將照片還她，轉開話題：「妳回台灣這麼久，妳舅舅難道不會想妳？」

「他當然想啊，他一直問我什麼時候回去。我和舅舅還有Angelo三個人住在一起，就算我暫時離開一陣，也有Angelo陪著舅舅，只是我舅舅很怕我這一走就不回去了。」她笑了笑。

「妳有想過回台灣生活嗎？」

「目前沒有。」

得到她的這個回答之後，我沒再吭聲。

高鐵列車一路往南疾駛，我滿懷心事，沉默不語，直到步出雲林站出口，與鍾可云面面相覷，我才終於意識到一件事。

接下來該怎麼辦？眞要讓鍾可云跟著我回家？

而鍾可云逕自走向一輛排班計程車，打開車門，大聲喊我上車，根本不給我猶豫的機會。

我別無選擇，只好拿著行李跟她一塊坐上車。

「我就帶妳到我家坐一下，傍晚再送妳去高鐵站，妳見到我爸可別亂說話。」

「不能幫你爸爸慶生再走嗎？」

「當然不行，我對妳夠寬容了，妳再這樣專斷獨行，我現在就送妳回高鐵站。」

「你擔心你爸爸誤會我是你的女朋友？」

「不然呢？我爸還不曉得我和前女友已經分手了，看到我帶妳這樣一個小女生回家，還讓妳留下來一起幫他慶生，妳覺得他會怎麼想？」

「我都十八歲了，怎麼還會是小女生？」鍾可云不滿地嘟囔著，又一次劃錯了我話裡的重點。

「沒滿二十歲對我來說就是小女生。」我沒好氣地橫了她一眼，「總之，妳在我爸面前一定要安分點，知道嗎？」

「知道了啦。」她不情不願地點頭。

計程車停在家門口，爸爸出來迎接，看見我身旁的鍾可云，他露出意外且疑惑的表情。

「爸，她是我的家教學生，她沒來過雲林，才跟著我過來看看。可以讓她去家裡坐坐嗎？晚一點我會送她去高鐵站搭車。」我搬出在計程車上套好的說詞，讓鍾可云假裝是可晴。

「當然可以啊，歡迎歡迎！」好客的爸爸一口答應，笑著問她：「妹妹，妳年紀多大了呀？」

「柯伯伯好，我十八歲，不過下個月就十九了，很快就滿二十了！」鍾可云笑容可掬，用開朗的聲音大聲應答。

我不明白她特地補上後面那句莫名其妙的話是何用意，心裡七上八下的，祈禱她千萬別耍花樣。

鍾可云居然和爸爸很聊得來，兩人算是一見如故，很快就混熟了。

到了中午，爸爸大展廚藝，準備煮一頓豐盛午餐招待她，鍾可云以幫忙爲由跟進廚房，爸爸的笑聲不時從廚房裡傳出。

我稍稍安下心來，所以當爸爸要我去買雞蛋時，我就自己一個人出門去了。

沒想到我終究還是太天眞了。

吃過午飯，我站在流理台前洗碗，爸爸神色嚴肅地走到我身邊，劈頭就把我訓了一頓。

他說就算我不喜歡鍾可云，也不能讓一個小女生花光零用錢，從台北追著我過來，還讓她在晚上孤零零地搭高鐵回去。考量到她的人身安全，如果我今天不跟她一起回台北，他就要留她在家裡過夜。

我連手上的泡沫都來不及沖掉，就鐵青著臉走出廚房，咬牙切齒大喊：「鍾、可、云！」

在客廳滑手機的鍾可云一聽見我的聲音，立刻從椅子上跳起來躲到爸爸身後，爸爸還張開雙臂擋住我，不讓我靠近她。

最後爸爸不僅同意讓鍾可云住下，還要我帶她出去玩，晚餐前不許回來。爸爸徹底被鍾可云收服，看著他們又親親熱熱地聊了起來，我有些挫敗地認清現實，自己不可能鬥得過這個花招百出的女孩。

「跟妳說過不要跟我爸亂講話，妳爲什麼就是不聽？」

騎機車載鍾可云前往市區的途中，我還是忍不住罵了她。

「我很喜歡柯伯伯，想和他多相處一會。」鍾可云笑咪咪地環抱著我的腰，完全沒有反省的意思，「你們眞的很像耶。」

「別想用這種話帶過去。」

「怎麼？難道你不希望像你爸爸？」

我微怔，很快解釋：「不是這個意思。從來沒有人說過我們長得像，別人總說我長得比較像媽媽。」

「是嗎？就算是這樣，我還是覺得你跟你爸爸很像。」

我沒有順著這個話題說下去，兀自嘆了口氣：「總之妳不該對我爸說那種話，他可能會起疑心。」

「起什麼疑心？懷疑你是不是和前女友分手了嗎？你怎麼會認爲他什麼都不知

道？」鍾可云不以爲然道。

我打了方向燈，將機車停靠在路邊，驚訝地回過頭看她，「妳告訴我爸了？」

鍾可云搖頭，「是他自己跟我說的。他說你很久沒有帶女朋友一起回來看他，也很久沒有主動提起對方，他當然會察覺不對。包括今天，他其實也看得出你有心事，只是刻意不去問你。不要小看你父親，他的眼睛很雪亮的。」

我不知道該說什麼。

這時鍾可云從包包掏出手機，給我看她手機裡的一張圖片，要我載她去那裡。我一眼認出那是附近相當著名的景觀公園，大概是她飯後坐在客廳閒閒沒事，上網查到的。

入園後，我們走在一條林蔭大道上，一片落葉飄落至鍾可云的腳邊，她彎身撿起，邊走邊把玩。

「前幾天，可晴跟我說，她之前屢次拿你母親的事來刺激你，她對你感到很抱歉。我聽完一直有個疑惑，如果你對你媽媽沒什麼感情，爲什麼你每年母親節還要在IG上放一張與葉子有關的照片？」

「我幹麼告訴妳？」我面無表情道。

「你都知道了我的最後一個祕密，難道就不能跟我說一個你的祕密？」

我停下腳步，愣然對上她閃爍著笑意的眼睛。

難道鍾可云已經發現，我知道她是Kite了？

「妳是什麼時候……」

「你在高鐵上向我要攝影作品看的時候，我就猜到了。」鍾可云不疾不徐地說：「那你又是什麼時候察覺我就是Kite？」

只猶豫了幾秒鐘，我便坦言相告：「上週六。」

鍾可云恍然大悟，「哦，你會忽然不理我，是因爲你發現了我是Kite？」

我無法爲自己辯解，只能默認。

「知道我是Kite，你很失望？」她定定地看著我，「你不喜歡我是Kite？」

「不是，是我自己的問題，跟妳沒關係，我也不是故意不理妳，只是我需要……花點時間接受這件事。」我艱澀地解釋。

「爲什麼你需要花時間接受？我是Kite，難道對你是種打擊？」

我發現自己似乎越描越黑。

過去我只簡單告訴可晴，我和筱婷會分手，是因爲筱婷變心了，並未提及偉杰與Kite所拍攝的那張雪景照，此刻我也深深慶幸自己當時沒對可晴提起。

鍾可云拍下的那張雪景照，讓筱婷意識到她心中始終壓抑著對偉杰的那份感情，間接導致筱婷和我走上分手一途。我不曉得該怎麼面對鍾可云，要是鍾可云得知這一切，她會露出什麼樣的表情？

其實我很清楚，我會那麼想，可能只是我給自己的解釋，解釋筱婷爲何離我而去。

將造成我和筱婷分手的原因推到鍾可云拍的那張照片上，是很不負責任的，這種話聽在鍾可云耳裡，也一定會對她造成壓力，所以我只能自己沉澱心情，直到我能用平常心重新面對她。

畢竟儘管明知這不是她的錯，這些日子我還是時不時會冒出一個想法：

爲何偏偏是鍾可云？

掙扎許久，我在鍾可云的凝視下，硬著頭皮回答：「我前女友很喜歡妳拍的照片，所以當我發現妳是Kite，心情多少有點複雜。」

原以爲這麼說應該不至於讓她有負擔，但話說出口之後，我還是後悔了

「咦？原來是這樣。」

鍾可云的語氣沒什麼變化，眼神卻劃過一抹不自然。

我捕捉到她的那絲異樣，正想再開口，她卻搶先一步問：「你前女友有特別喜歡我拍的哪一張照片嗎？」

我沒有立刻回話，心裡忽然覺得怪怪的。

「妳問這做什麼？」

「我要刪掉那張照片。」說完，鍾可云作勢要拿手機。

我猛然抓住她的手，「慢著，好端端的幹麼刪？」

「我想讓你消氣。」

鍾可云的說法令我又是好氣又是好笑，「笨蛋，誰要妳這麼做了？那些照片都是妳的創作吧？怎麼能因爲這種理由就隨隨便便刪掉？」

「但你不是不想再看見我拍的照片，才放棄關注我嗎？你到我的IG留言，追蹤名單裡卻沒有我，我本來沒多想，現在聽你這麼說，我就知道原因了。」

我頓時啞口無言，鍾可云確實說中了我當時心裡的想法。

她將我的神情盡收眼底，語氣變得落寞：「如果我拍的照片，會讓你露出那種悲傷的表情，我也會很難過。」

過了好一會，我才再次開口：「鍾可云，妳聽我說，一開始，我確實是因爲不想觸景傷情，才不再關注Kite，但這不表示我厭惡Kite，更不表示我討厭妳，我只是需要一點時間調適自己。最重要的是，妳拍的照片非常美，非常能觸動人心，不該爲了這種理由毀去，這是我的眞心話。」

「所以你從沒有因爲我是Kite，而生我的氣？」

「當然沒有。」

鍾可云臉上立刻堆滿笑，方才的陰鬱一掃而空。

她緊緊握住我的手，對我擠眉弄眼道：「既然如此，那就讓我牽著你的手走完這條路，然後你邊走邊告訴我，爲什麼你每年的母親節都會在IG上放一張與葉子有關的照片。」

我不可置信地看著她：「鍾可云，妳剛剛是在設計我？」

「不是，如果你希望我刪照片，我眞的會刪。」她似笑非笑地迎向我的目光。

我分辨不出她是不是在開玩笑。

無奈之下，我終於舉白旗投降。

「算我怕妳了，妳到底爲什麼這麼想知道？」

「你解開我身上的謎團，我當然也想解開你的。」鍾可云說得一副理所當然的樣子，「其實你很想念你媽媽，對不對？」

「只對一半。我想念的是『星期日晚上十點的媽媽』。可晴有跟妳提過，我小時候有一段時間會在星期日晚上十點，和我媽一起坐在電視機前看偶像劇嗎？」

「嗯，那部偶像劇是《薔薇之戀》對吧？片尾曲就是那首〈葉子〉。」

我點點頭，開始向她娓娓道來。

自我有記憶以來，媽媽幾乎都不住在家裡，久久才會回來一次，據說媽媽平時不是住在娘家，就是男朋友家。

我們母子相處的時間實在太少，媽媽對我來說，就像是偶爾來家裡坐坐的親戚，我對她的感覺只有深切的陌生。

爸爸和媽媽的年齡相差甚多，因此爸爸很寵媽媽，包容她的任性，任由她予取予求。媽媽就像個長不大的孩子，從來沒有身爲妻子和母親的自覺，更不曾主動關心我和爸爸，只有在外頭欠債闖禍，或是與男友吵架無處可去的時候，她才會暫時躲回這個家，然後過幾天又不見蹤影。

直到我十二歲那年，有一段時間媽媽突然一改常態，每個星期日都會出現在家裡。

那時我多半十點就睡了，某個星期日晚上十一點左右，我睡到一半起來上廁所，發現媽媽獨自坐在客廳。我有點好奇她在做什麼，於是悄悄走上前。

注意到我站在一旁，媽媽沒問我爲何還不睡覺，反而問我要不要跟她一起看那部名叫《薔薇之戀》的電視劇。

我不記得自己是怎麼回答她的，只記得那天晚上，我第一次和媽媽一同坐在沙發上看電視。

那次之後，媽媽也不管我隔天還要上學，星期日晚上十點一到，她就會走到我的房門外，高興地喊著：「兒子，出來看電視了！」

媽媽過去從來不曾這樣親暱地叫過我，一股前所未有的感覺縈繞在我的心中。

往後只要聽見她這聲叫喚，我就會不由自主去到她的身邊。

每週一同收看《薔薇之戀》的短短一個半小時，是我和媽媽僅有的親密時光。

我們會隨著劇情一起笑，一起皺眉，一起痛罵那個討人厭的角色。

每一次的相處，都在媽媽哼唱〈葉子〉的歌聲裡結束。

我喜歡跟那個時候的媽媽相處，也是第一次興起想要更親近她的念頭。

但是媽媽並不這麼想。

她在兩個月後再次消聲匿跡，不再在星期日晚上出現。

但我依舊每週準時收看《薔薇之戀》，想著媽媽會不會忽然回來，然而我一次也沒有等到她。

媽媽消失後，家裡便再沒有平靜的一天。媽媽欠下龐大的賭債，債主三不五時找上門來，討債不成，氣得把家裡的物品又摔又砸，甚至多次將爸爸打得渾身是傷。

那段日子，我時時刻刻活在飽受威脅的恐懼之中，在我心底落下了無法抹去的陰影。

有一天，爸爸出外工作，我在房間聽見外頭傳來翻箱倒櫃的聲響，跑出去一看，媽媽與一個陌生男人將客廳翻得亂七八糟。

媽媽手裡拿著一個頗具厚度的信封袋，我一眼認出那是爸爸藏在櫃子裡，準備要替媽媽還給債主的錢，也很快意識到媽媽準備帶著這些錢，偕同這個男人遠走高飛。

那時只要我想，大可以偷偷從後門溜去隔壁，叫其他大人過來，阻止他們捲款逃跑。

可我沒有這麼做。

我眼睜睜看著媽媽將家裡值錢的東西全數搜刮帶走，就在她要離開的時候，她不經意地回過頭，與站在一段距離之外的我四目相接。

她眼中沒有一絲眷戀或愧疚，只有慌張，像是怕我會馬上放聲大叫，她急急忙忙拉著那個男人落荒而逃。

媽媽始終沒有回頭看我一眼。

爸爸禁不住打擊，夜夜買醉，每每在酒醉之後哭得涕泗縱橫。他似乎明白，這次媽媽不會再回來了。

儘管我才十二歲，卻已經懂得長痛不如短痛這個道理，只要撐過一段時間，爸爸就會慢慢振作起來，不會再因爲媽媽受到傷害。

爲了避免債主再找上門，爸爸在親友的勸說下，決定帶著我搬家，我們終於得以擺脫那種膽戰心驚的日子，回歸平靜的生活。

那時我以爲，自己永遠不會再見到媽媽了。

「你之後有再見過她？」鍾可云像是猜到了什麼，敏銳地問。

「嗯。」

高二的寒假，我在大街上與五年不見的媽媽意外重逢。

她先認出了我，我卻一度不認得她，她與我記憶裡的模樣相差甚遠，整個人形銷骨立，過去姣好的面容已不復見。

媽媽衝上前緊緊抓住我的手，眼神帶著喜悅。

但她開口說的第一句話，卻不是關心我和爸爸這幾年來過得如何。

「你們搬去哪了？你爸他現在在哪裡工作？一個月賺多少？有別的女人了嗎？」

見我遲遲沒有作聲，媽媽的臉色轉爲猙獰，咬牙切齒道：「他眞的有別的女人了？他怎麼可以這樣對我？快點帶我去見你爸！」

假如在我心裡，還存有那麼一點點想和媽媽變得親近的渴望，在這一刻也全然消失了。

這個女人一點也沒變。

我非常清楚，要是帶媽媽回家，我和爸爸將會再度重返煉獄，爸爸好不容易重拾的笑容，也將再次被摧毀。

看著依舊自私自利的媽媽，我很確定她會榨乾爸爸身上所有的殘存價值，而爸爸完全無力抵抗。

於是我甩開她的手，不顧一切拔腿跑開，逃到她再也追趕不上的地方。

而我理所當然沒有告訴爸這件事。

兩個月後，一位老鄰居聽聞媽媽過世的噩耗，聯繫了爸爸。

媽媽被發現猝死在租屋處，房東去催討房租時，她已經沒有呼吸心跳，明顯死亡多日。

生前她沒有工作，積欠一屁股債務，還染了一身病。到了人生的最後，沒有半個人陪伴在她身邊。

爸爸不捨媽媽走得如此孤單淒涼，在殯儀館裡潸然淚下，爲了不能早點找到媽媽而深感自責。

看著爸爸傷心的身影，我什麼都沒說。

不管是五年前，還是五年後，我都沒辦法對爸爸說出眞相。

「直到現在，我爸還是會爲此再三向我道歉。」我對鍾可云說，語氣異常平靜，「要是哪一天他得知眞相，想必無法諒解我。」

「你覺得自己做錯了？」鍾可云深深地看著我，「你後悔了？」

我搖頭，「我媽去世後，我反覆問過自己，假如再回到那一天，我是否仍會甩開她的手，而我給出的答案都是肯定的。無論如何，我都不願我爸再因我媽而受折磨，更不想再過那樣痛苦不堪的日子。我願意受到懲罰，但我不會後悔這麼做。」

「那你在IG上放那些照片，除了緬懷星期日晚上十點的媽媽，也是爲了表達對她的歉意嗎？」

「或許是吧。倘若妳覺得這樣的我既虛僞又殘酷，我也不會爲自己辯解。」

「這件事你還有對誰說過嗎？」

「沒有，我早就決定把這個祕密帶進墳墓裡，誰曉得會被妳看出來？全世界大概只有妳會注意到那些細節。」我淡淡睨她一眼。

「我很慶幸我有看出來。」鍾可云笑得眼睛彎彎，提議道：「你要不要乾脆趁今天跟你爸爸說清楚？」

「妳想看我爸把我趕出去？」

「不是啦，就算你不願對柯伯伯說出眞相，至少也別讓他繼續對你懷抱著罪惡感。再說，雖然柯伯伯在得知眞相之後，必定會難過，但如果你願意同時向他坦露你是怎麼想的，說不定反倒能令他就此釋懷呀！」

我在鍾可云的這段話裡呆住了。

❄

幾個小時後，我和鍾可云一起帶著生日蛋糕回家。

儘管今年少了筱婷，但多了鍾可云的參與，爸爸的慶生會格外熱鬧，他的笑聲不斷迴盪在屋子裡。

「柯伯伯，您和老師是我見過最像的一對父子喔。」在爸爸面前，鍾可云稱呼我爲老師。

「眞的嗎？從來沒有人這麼說過。」爸爸頗爲意外。

「你們眞的非常像，您溫柔善良又體貼，和您相處過就知道，老師的這些優點，全都是遺傳自您。」

「哈哈哈，妳這孩子嘴巴眞甜。」爸笑得合不攏嘴，看起來相當高興。

原來鍾可云之前說我和我爸相像，是這個意思。

吃完蛋糕，鍾可云從洗手間出來，忽然說她接到家裡打來的緊急電話，得馬上趕回台北，今晚不留下來過夜了。

「可是這樣妳到台北都幾點了，讓諺文和妳一起回去吧？」爸爸難掩擔心。

「不用了，現在才八點，回到台北不算太晚。柯伯伯，我可以再來玩嗎？」

「當然可以，一定要再來。」

鍾可云跟爸說過再見，我陪她走到巷口等車，順便問她怎麼回事。

「我想讓你和柯伯伯好好說一會話。」她笑吟吟地答腔，「今天我過得非常開心，等你回台北，也要陪我去看潘智平喔。」

我輕嘆了口氣，「知道了。」

「突襲！」

鍾可云冷不防張開雙臂緊緊抱住我，嚇了我一大跳。

奇怪的是，明明可以推開她，我卻沒這麼做。

「妳這又是在做什麼？」

「給你力量。」她仰起臉來，眼裡的笑意被路燈照射得閃閃發亮，「只要是爲了守護重要的人，無論你做出什麼決定，我都不會認爲你有錯。」

我即刻聽出這是我對她說過的話。

彷彿有什麼注入我的心裡，我驀然無法言語，任憑這個擁抱繼續。

叫的計程車抵達後，我才緩緩將鍾可云拉開。

「上車吧，到台北後跟我說一聲。」

「嗯，我們台北見。」鍾可云朝我眨眨眼睛，一溜煙坐上車。

直至看不見計程車的車尾燈，我才回到家中。

爸爸沒兩下就把客廳收拾好了，確定我把鍾可云送上計程車後，便要我趕緊去洗澡。

「爸，我有事情想跟你說。」

聽到這句話，爸轉頭看我，要我過去坐在他對面。

「什麼事？」

「我和筱婷其實已經分手了。」我告訴他。

爸的臉上看不出悲喜，反應出奇平靜，彷彿早有預感。

「爲什麼分手？你們兩個感情不是挺好的嗎？」

「筱婷愛上了別人，聽說她懷孕了，今年就會結婚。」

爸爸傻住了，似乎認爲這就是我心事重重的原因，他眼裡流露出心疼與不捨。

「沒關係、沒關係。」爸重重拍了好幾下我的肩膀，不甚高明地安慰我，「我兒子這麼優秀，一定能找到更合適的女孩，爸爸對你有信心。」
我被爸爸逗笑，隨即又緊抿起唇，心裡緊張了起來。
「還有一件事，是有關媽的事。」
「你媽？」爸爸面露疑惑，「她怎麼了？」
我的手心在不知不覺間滲出冷汗。
「……我一直都知道你對媽用情很深，也知道你覺得是你讓我失去了她，對我感到很歉疚。但我對媽的感情，並沒有像你所想的那麼深。對我來說，媽就像是一個麻煩的遠房親戚，小時候我甚至不希望她回家，因爲我受不了一群債主動不動找上門來，將你打得頭破血流，我厭惡這種時時刻刻都得擔心受怕的日子，所以當媽捲款逃走，我並不難過，反而很慶幸她走了。可是我知道你不會這麼想，所以我從來沒有把我眞正的想法告訴你。」
言及此，我低頭看著地板，聽見自己的呼吸聲變得急促。
「爸，你不要再對我感到抱歉了，我是絕對不會爲媽的事怪你的。我可以沒有媽，但是不能沒有你。倘若媽當初回到你身邊，我遲早會失去你，我沒辦法再經歷一次那種恐懼。你可以罵我絕情或不孝，但這是我的眞心話。我不恨媽，可是我也無法像你愛媽那樣愛她，希望你能諒解。」

說完以後，我沒敢抬頭，屏息等待爸對我做出宣判。

遲遲沒等到爸出聲，我如墜冰窟，深恐將迎來爸與我的決裂，這是我最不願見到也最害怕的事。

這時，爸緩緩起身走過來，將手按在我的肩上，再次用力拍了拍我，其中所含的每分力道，都訴說著千言萬語。

像是在對我說：沒關係、沒關係。

以及對不起。

我依然不敢抬頭，怕暴露自己臉上的淚痕。

這一刻，我想我確實已經將自己最眞實的心情，傳達給爸知道了。

那日深夜，我坐在房間的窗邊，望著一顆星星也沒有的夜空。

身體彷彿被掏空，連心也變得空落落的。

拿起手機點進IG，我點開首次在母親節上傳的那張照片，當時我拍的是收錄〈葉子〉這首歌的專輯。

在我心中，只有在那幾個月的星期日晚上十點到十一點半，我才會覺得媽媽是媽媽，而媽媽跟著電視哼唱的〈葉子〉，也成了我對她最深刻的記憶。

她過世後的每一個母親節，我都會想起她親暱喚我兒子的情景，開始使用IG

後，我便將那段回憶隱密地存放在這處小小的空間裡。

除了爸爸，我對筱婷也有著相似的心情。

儘管察覺她對偉杰的心意，我也同樣沒有告訴她我內心最真實的想法。

我沒有阻止她繼續自欺欺人，甚至聽到她說她愛上了一個陪她去看雪的人，我也依然一聲不吭。

這麼做到底是不是對的？這個疑問從來沒有在我心裡消失過。

我明明看出筱婷的壓抑與逃避，卻沒想過幫助她勇敢面對自己的內心，反而保持沉默，眼睜睜看著她一邊繼續逃避，一邊從別人的身上找尋偉杰的影子。

如果筱婷是真的愛她的老闆，而非出於對偉杰的移情，或許我還會寬慰一些，偏偏我並不覺得是這樣。

我就這麼抱著對筱婷的惦念與愧疚，直至得知她懷孕的消息。

就在那一刻，我所有對她的不放心，甚至是不甘心，都可以放下了。

就算筱婷永遠也忘不了偉杰，從此刻起，她再也不是孤單的。

她將擁有一個能將心全部託付出去的對象，而那個人也會給予她回應。

「你有對她說過『祝妳幸福』嗎？」

現在的我，終於能夠發自內心地祝福筱婷。

我的眼淚滴落在手機螢幕上，很快就淚流滿面。

抑制不住破碎的嗚咽，我卻不知道自己是爲誰而哭，又是爲了什麼而哭？甚至連此刻的心情是悲是喜，我都分辨不清。

只覺得似乎在很久很久以前，或許是在第一次認清媽的心裡並沒有我的時候，也或許是在我當街甩開她的手逃走的時候，我就想這麼哭了。

此刻我終於可以爲自己好好哭一回。

❄

回到台北後，我陪鍾可云去見了潘智平。

他有一雙十分溫柔的眼睛，然而他削瘦的身軀，以及發黃的面容，讓我一眼就能看出，他的時間確實不多了。

病情快速惡化的他，上回還能坐輪椅在外頭吹風，如今卻已無法下床，幸好他的意識還算清楚，也還能開口說話。

鍾可云去樓下買東西，暫時離開病房，潘智平對我說了一段我永遠忘不了的話。

「我對她很抱歉，我讓那孩子承擔了不應由她承擔的事。請你務必在她的身邊支持她。」

那是我第一次，也是最後一次與潘智平交談。

一個星期後，潘智平去世了。

Chapter 17

接到鍾可云的電話，是在午夜十二點左右。

從她口中聽到潘智平過世的消息，已經躺上床的我頓時睡意全消。

「什麼時候的事？」

「下午三點，我見到他最後一面。」

我心裡對她遲至這時才通知我感到奇怪，不禁從床上坐起。

「妳還好嗎？」

鍾可云沒有回話，我聽見話筒彼端傳來摩托車呼嘯而過的聲音。

這麼晚了，她人還在外面？

「鍾可云？」我提高音量喚了她一聲。

幾秒鐘後，她終於出聲：「……我做錯了。」

「什麼？」

「我做錯了決定。」鍾可云的聲音不帶一絲起伏，「今天我見到潘智平，他意識渙散，靜靜看了我好久，最後對著我叫出舅舅的名字。」

我屏住呼吸，不敢打斷她。

「他露出一個像是快哭出來的笑容說：『終於再見到你了。』然後他就閉上眼睛了。」鍾可云低低喘了口氣，「那時我才知道，其實潘智平很想再見到舅舅，但我沒有看出他心裡眞正的想法，就這麼讓他們天人永隔了。」

鍾可云說完，在電話另一頭嚎啕大哭。

「舅舅永遠不會原諒我的。」她哭得聲嘶力竭，話也說得斷斷續續，「因爲我……舅舅再也見不到他了，再也沒有機會向他道別，我做錯了……」

她痛徹心扉的哭聲，令我的心臟瞬間揪緊。

我立刻跳下床準備出門，「鍾可云，告訴我妳在哪裡。」

十五分鐘後，我在街頭找到蹲坐在騎樓下，雙目紅腫的鍾可云。

她很可能從醫院離開後，就一直在外頭遊蕩到現在，我本來想送她回她的住處，她卻說想去我家。

在這種情況下，我也不放心她一個人待著，因此我沒怎麼猶豫就同意了。

或許是一整天折騰下來著實累壞了，鍾可云也沒問過我，逕自搖搖晃晃走進我的房間，一看到床就躺上去蜷縮在被子裡，很快就睡著了。

而我卻絲毫沒有睡意，僅留下書桌的小燈，就著微弱的燈光，坐在椅子上長久注視著鍾可云的睡顏。

很多時候，我都會不小心忘記鍾可云只是個十幾歲的少女，以至於從沒想過她也會露出那樣茫然無助的神情。

「我讓那孩子承擔了不應由她承擔的事。」

不只是潘智平，我也一直都很清楚，讓鍾可云去背負這樣的祕密，委實太過沉重。

因爲沉重，她才會問我該如何做出正確的決定，當時她的每一句問話，都是源自內心深處的不安。

所以潘智平才會希望我能陪伴在她身邊，支持她的決定。

潘智平在彌留之際說出的那句眞心話，對鍾可云來說，無疑是一記迎頭痛擊，因爲她先前做過的決定再也挽回不了。

我萬分不願讓這樣的悔恨就此伴隨著鍾可云。

鍾可云臉上淚痕猶在，我情不自禁伸手輕輕替她抹去。

「我做錯了決定。」

「傻瓜。」我對著熟睡的她低喃，「妳怎麼會有錯？」

❄

隔天，我讓鍾可云繼續留在我的住處。

但她一個人待不住，傍晚我從學校走出來，竟見她站在校門口，似乎已經等候我多時。

我陪她在大街上散步，一路上她緊勾著我的手，我直到半小時後才意識到，自己似乎在不知不覺間習慣她的觸碰了。

「我不要回義大利了，我沒有臉見舅舅。」鍾可云吸吸鼻子，悶悶不樂地說。

「別這麼說。」我安慰她，「我相信潘智平直到生命的最後一刻都是很感激妳的，他是想再見妳舅舅一面沒錯，但他更不想傷害自己的妻兒。況且他能見到妳，並且從妳口中得知妳舅舅的近況，知道妳舅舅過得很好，這對他而言一定是很大的安慰。」

鍾可云又撲簌簌掉下眼淚。

她完全不伸手擦掉，任由淚水爬滿了整張臉。

「可是我害怕看見舅舅聽到這件事的表情，也害怕聽見他開口對我說的第一句話。」她向我坦白她內心最深的恐懼，「他一定會氣得不要我。」

我啞然失笑，「妳好好想清楚再回答我，妳眞的認爲妳舅舅會這樣？」

鍾可云噘著嘴，沒有回話。

「如果妳舅舅因此責怪妳，甚至氣得不要妳，就讓我來跟他解釋，畢竟這件事我也有責任。」

「你有什麼責任？」她眨了眨被淚水浸亮的眼睛。

「我沒有勸妳把潘智平生病的事告訴他，如果當初我要妳說出來，妳或許就會說了，不是嗎？所以我也是共犯。妳可以把責任全推給我，我替妳承擔。」

鍾可云眉間一鬆，淚水也漸漸止住。

「妳舅舅是走過無數風雨的人，妳爲他著想的那片心意，他不可能不明白。眞正的大人，其實比妳想像的更堅強。如果我是妳舅舅，我會很感激妳，妳不僅替我陪伴潘智平走完人生最後一程，還讓他帶著笑容離開。」我停下腳步，認眞看著她，「當然，妳其實也可以將這件事永遠放在心裡，不讓妳舅舅知道。不管妳怎麼選擇，這次我一樣會認同妳做下的決定。」

鍾可云也看著我，久久未發一語，肩膀慢慢垂了下來。

「我不想回義大利。」她說話帶著濃厚的鼻音。

我安慰她，「沒關係，先不用著急，這幾天妳再想想……」

「不是那樣啦。」她打斷我的話，「我發現自己越來越捨不得離開你，所以不想回去。」

我傻了幾秒才反應過來，「但妳不是說妳舅舅非常想念妳？妳忍心留他在義大利苦等妳回去？難道妳不想見到他？」

「我當然想呀，可是……」鍾可云咬著下唇，一副天人交戰的模樣，「要是我離開台灣之後，你馬上就被別的女生追走，那怎麼辦？」

她是認眞在爲這種事糾結嗎？

我感到又好氣又好笑，卻也同時鬆了一口氣。

她似乎開始能調適自己的心情了。

「也不能怎麼辦，我總不能長久單身下去吧？」我刻意用輕鬆的口吻接腔。

「如果舅舅不要我了，我就回台灣找你。」她咬牙道。

「那妳應該回不來了，妳舅舅絕不會不要妳的。」我莞爾一笑。

鍾可云凝視著我，「那你呢？你不會捨不得我嗎？」

她的眼神十分認真，我漸漸收起臉上的笑。

「不知道，可能會有一點吧。」我不著痕跡地別過眼睛。

這個模稜兩可的回答，自然讓鍾可云極不滿意，她一邊跳腳一邊連聲抱怨。

如果回答自己會捨不得她，能沖淡鍾可云此刻心中的悲傷，我是很願意這麼做的。

然而我卻發覺自己竟說不出口。

我心中湧現出一絲不妙，我似乎是……真的捨不得她離開。

Chapter 18

我和鍾可云一同前去參加潘智平的告別式。

那天也是鍾可云首次與潘智平的妻子有接觸。

「聽說妳是智平過去的學生。」她牽著兩名年歲尚幼的孩子，向鍾可云表達謝意，「謝謝妳來送他一程。」

鍾可云告訴我，當她一對上潘太太的眼睛，便明白這就是潘智平想要守護的一切。

她很慶幸自己沒有讓面前這張溫柔慈藹的面容，就此染上更深切的悲傷。

於是她想開了，即使辜負了舅舅，她也不後悔先前做下的決定。

「那妳還要向妳舅舅坦白嗎？」

鍾可云沒有回答我，只是搖頭晃腦地微微一笑。

日子接著來到她和可晴生日的月份。

可晴主動表示想邀請我和馨玟一起到外面慶生，同時爲鍾可云舉辦歡送會。

那時我才知道，鍾可云即將返回義大利，訂的班機就在她生日當天晚上。

我壓下那份難以言喻的心情，笑著應允：「我當然很樂意參加，妳們想要去哪裡慶生？」

可晴露出不好意思的神情，「我想去KTV，我從來沒去過KTV，想趁可云還在的時候，大家熱熱鬧鬧地去那裡唱一次歌。上次從宜蘭玩一趟回來，爸媽好像對我放心多了，也不再那麼限制我外出。」

「沒問題，那我去訂位。所以就我和妳，還有馨玫及鍾可云四人，對嗎？」

「如果可以的話，可以邀請馨玫的二哥一起來嗎？」可晴看著我問。

「偉杰？」我挺意外可晴會主動提起他，「妳想找他來？」

「上次多虧有他幫忙，馨玫才能跟我們出來玩。」可晴輕描淡寫道。

我想起之前去宜蘭的路上，可晴不時透過車上的後視鏡注視著偉杰。

我忍不住問：「妳是不是有點在意偉杰？」

「……在意嗎？可能是吧。」可晴思索了一下，像是在自問自答似的，「他讓我想起一段往事。」

「我可以問是什麼往事嗎？」我越聽越好奇。

可晴點點頭，「小學二、三年級時，我之所以會對馨玫好，其實是受到他的請託。」

我愣住了，「妳是說偉杰拜託妳照顧馨玫？」

「嗯，詳細情形我記不太清楚了，好像是那天放學我臨時換了條路線回家，卻迷路了，他好心送我回家，大概是注意到我身上穿著的制服與馨玫一樣，他便請我在學校幫忙照顧馨玫，別讓她被同學欺負。」

推算了一下年紀，那應該是偉杰國三的時候。

「原來是這樣，我還以爲……」

「以爲什麼？老師不會以爲我喜歡他吧？沒有這回事啦。」可晴掩嘴笑了起來。

不知爲何，這一天我始終感覺心裡有些空落落的。

原以爲一同經歷過這麼多事，鍾可云會在確定離台班機日期後，第一時間通知我，沒想到她不但沒跟我說，我還得從別人口中聽到。

但如果我因爲這樣就覺得失落，似乎也有點奇怪。

「我想我和你是命中注定。」

我終究還是不了解鍾可云。

❄

到了可晴和鍾可云的慶生會那天，我們五個人在KTV包廂吃光了十吋的生日蛋糕，這對雙胞胎姊妹手勾著手開心地又唱又跳，而馨玫笑著舉起手機錄下這段畫面。

「你在發什麼呆？」身旁的偉杰問我。

「我沒發呆，我在聽歌啊。」

「少來了，你是不是在聽歌，我會看不出來？你一直往鍾可云那裡看，該不會是喜歡上她了吧？」

「你亂說什麼？」我瞪他一眼，心裡卻因他這句話悚然一驚。

我真的一直在看鍾可云？

「不是就算了。」偉杰聳聳肩，不再多問。

這天我們一口氣從中午十二點唱到下午五點。

準備離開時，可晴突然表示想跟鍾可云多待一會，請偉杰送馨玫和我回去就好，等會她們再另外叫車。

鍾可云預計搭乘深夜航班，說好了不去機場送她，於是我們在此與她道別。

鍾可云先是擁抱馨玫，向她保證日後會保持聯絡，接著來到我面前，跟我握了一下手，隨即轉而走向偉杰。

她的反應著實令我不解。

或許她不想在大家面前對我表現出過於熱情的樣子，但這也有點太冷淡了。

我坐上車，看著她和可晴站在路邊對我們揮手，隨著車子駛離，兩人的身影變得越來越小，我還是感到難以置信。

我和鍾可云就這樣道別了？

偉杰先把馨玫送回家，等她下車後，他才開口。

「你還有想去哪裡嗎？」

我心中茫然，一時不知如何回應：「我……」

「剛剛和鍾可云在自助吧拿食物的時候，她問我，你和你前女友是怎麼分手的。」偉杰冷不防說。

我既錯愕又疑惑，「然後呢？」

「我回答她，因爲對方移情別戀了。」

在我的認知裡，依鍾可云的性格，她不會這麼簡單就放過這個話題。

「就這樣？她沒有再多問些什麼？」

偉杰淡淡看我一眼，「有，該問的她都問了，而我也照實全都說了。」

「什麼叫全都說了？」我震驚地瞪大雙眼。

「就是你和伍筱婷之間的一切種種，我知道的我全都說了。」

「等一下，所以你也說了筱婷對你的心意？甚至是她過去生病的事，你都告訴鍾可云了？」

「嗯。」

我思緒一片空白，「那促使筱婷病發的那張照片呢？你該不會也說了？」

「說了。」偉杰答得乾脆利落。

我頓覺五雷轟頂，忍不住失聲大吼：「高偉杰，你爲什麼要告訴她？」

「鍾可云跟這件事又沒關係，跟她說也不會怎樣，你何必這麼激動？」他不解地反問我。

「當然有關係，她——」我猛地打住話，此刻不是跟偉杰解釋的時候。

我連忙拿出手機撥電話給鍾可云，卻發現打不通。

改撥給可晴，對方也沒有接。

「你現在馬上把車開回KTV，快點！」我心急如焚地對偉杰喊道。

他像是察覺到不對，默不吭聲照做。

到了KTV門口，我立即衝下車，一邊持續撥打鍾可云的手機，一邊在附近找尋她的身影。

「柯諺文！」

一道再熟悉不過的清亮嗓音叫住了我，我回頭望去，只見鍾可云笑咪咪地站在我身後。

我看了看四周，結結巴巴道：「可、可晴呢？」

鍾可云抬手指了指偉杰停在路邊的車，可晴已然坐進車裡。

可晴笑著朝我們揮揮手，偉杰便將車開走了。

我傻愣愣地看著這一幕，「這是什麼情況？」

「就是這個情況。」鍾可云親暱地勾著我的手，「其實是高偉杰出的主意，他串通我和可晴共同參與這個整人計畫。剛才我故意對你冷淡，你是不是很難過？是不是在心裡想著，我怎麼什麼也沒有表示，就這樣走了？」

我啼笑皆非，卻又忐忑不安，戰戰兢兢地開口：「妳……從偉杰那裡聽說了？關於我和我前女友是如何分手的？」

「嗯，我覺得你不會告訴我細節，就從他那邊下手。沒想到你和你前女友是因爲高偉杰才會相識。」

我小心翼翼觀察她的神色：「……就這樣？他只說了這些？」

「對呀，他還說你前女友變心了，愛上她的老闆。你爲什麼要露出這麼可怕的表情？」鍾可云歪著腦袋看我，一臉狐疑。

結果根本是虛驚一場，鍾可云根本就還不曉得那張雪景照的事。

我整個人像是虛脫似的，全身力氣都沒了，也顧不得會不會擋到別人，便在KTV門前的矮階坐下，恨不得痛揍偉杰一頓。

想必他是看出我對鍾可云抱有某種特別的心思，才會出這種鬼主意吧？

「怎麼了？讓我知道你爲何跟前女友分手，對你打擊這麼大嗎？」鍾可云在我面前蹲下。

「不是這樣。」我抬起頭，看進她清澈的眼睛裡，「我只是不希望妳從別人口中知道這件事。」

一旦鍾可云得知眞相，照她之前的反應來看，恐怕不會只有刪照片那麼簡單。

倘若她因此對我產生不必要的愧疚，就此逃避我，我想我是無法接受的。

要是她必定要得知眞相，我也希望是由我來告訴她。

「爲什麼你不希望我從別人口中聽說？聽起來好像是你擔心我會難過，難不成你喜歡上我了？」她托著下巴，嬉皮笑臉說。

我很是無奈，「妳啊，既然是要離開的，就不要將『喜歡』、『命中注定』以及『緣分』這樣的話掛在嘴邊，會很麻煩的。」

「爲什麼會麻煩？」她眨眨眼。

「對方要是眞的喜歡上妳怎麼辦？」

鍾可云沒有接話，看著我不知道在想些什麼。

我連忙補充：「我的意思是不排除有這種可能，所以妳別再這樣了。要是對方對妳動了心，卻只能眼睜睜看著妳離開，豈不是很痛苦？」

「……說的也是。」鍾可云先是低下頭，而後又飛快抬頭看了我一眼，「但你會這麼說，是表示你認爲自己有可能會喜歡上我嗎？」

「誰知道？」我不甚自在地將目光轉向別處。

「什麼嘛。把你的手機解鎖，然後給我。」鍾可云朝我伸手。

雖然不知道她要做什麼，但我沒拒絕，把手機遞過去給她。

只見她動手操作了幾下，很快就把手機還我。

「我把你手機裡的IG刪了，答應我，接下來這一年裡，你不能重新下載IG，更不能透過其他管道去看我拍的照片。」

「爲什麼？」

「祕密，一年後你會知道原因，到時候我也會讓你知道，我是否有向舅舅坦白一切。」鍾可晴定定地望著我，眼中情緒複雜難辨，「柯諺文，你願不願意等我滿二十歲？」

我的心臟在胸膛裡劇烈跳動著，我不由自主輕點了下頭。

鍾可晴笑了，她的眼睛也笑了，那笑容很美。

鍾可云像隻小鳥，在這一天飛離了我的身邊，就此再無音訊。

她不曾與我聯絡，也不曾透過其他人帶話給我。

沒有她的日子，這個世界依舊正常運作，唯一改變的只有我的心，但究竟是心裡的哪處變了，我自己也說不清。

或許是有了一件可以期待的事。

Chapter 19

可晴向我宣布，半年後她將和馨玟一起去英國留學。

她們申請上了同一所學校，也會住在同一間宿舍，彼此互相照應，也因爲如此，才能獲得可晴父母的准許。

我很爲她們高興，這兩個女孩終於得以自由自在去向更寬廣的世界。

「太好了，有馨玟和妳一起，我就放心了。」

「老師怎麼把我當作小孩似的？明明我還比馨玟大一歲呢。」可晴鼓起腮幫子。

「我當然知道，但畢竟我跟妳的相處時間比較長，自然會比較擔心妳。」

「齁，我要跟馨玟說。」她打趣道。

「別這樣。」我失笑，遲疑半晌後又說：「可晴，尚洺前天跟我聯絡了。」

可晴停了一下才回話，口氣平靜，「他過得好嗎？」

「嗯，還不錯。我們約好過幾天見面吃飯。」

「林靜妍也會去？他們現在還在一起嗎？」

「對。」

可晴陷入了片刻的沉默，她深吸一口氣，再輕輕吐出來。

「老師，如果不麻煩，請幫我帶幾句話給他。」她唇角泛起一抹淡淡的笑，「祝他幸福。還有，對不起。」

我心中了然，可晴那句對不起，是替她的父母道歉。

「好，我會轉告他的。」

❄

時光流逝得飛快，隨著畢業的日子將近，我的生活也漸漸變得忙碌。

某天下午，我坐在常去的咖啡館裡，收到一間外商公司的錄取通知。

能得到這份待遇不錯、未來也頗具發展性的工作，我整個人如釋重負。

分別傳訊息向爸爸和偉杰報告好消息後，我闔上筆電，走到櫃台想再點一杯咖啡，算是爲自己慶祝。

只是在排隊點餐時，後方不斷傳來兩名年輕女子竊竊私語的聲音。

我忍不住轉頭望去，不偏不倚與其中一名短髮女子對上眼，短髮女子眼中掠過明顯的尷尬。

這時正好輪到我點餐了，於是我沒有多想，只是在點完餐後，我站在一旁等候領取咖啡，那兩名年輕女子竟主動走到我面前。

「先生，不好意思，能否冒昧請教你一件事？」方才與我對到眼的短髮女子，用有些興奮又有點緊張的口吻詢問我，「請問，你認識Kite嗎？」

我壓下心中的驚訝，強作鎮定地反問：「妳說的Kite……莫非是指在IG上很紅的那位攝影師？」

短髮女子連連點頭，反應更顯激動：「沒錯！就是他！所以你眞的認識他？還是你就是他的戀人？」

「戀人？什麼戀人？」我滿頭問號。

短髮女子直接把她的手機遞給我，螢幕顯示的是IG介面裡的一張照片。

我一看便愣住了。

那的確是Kite的帳號，而那張如夢似幻的照片，也確實能看出是出自她的手筆。

照片中的主角是一名男子，但是Kite並沒有清楚拍出對方的臉。

她利用細膩的柔光巧妙遮蔽男子的部分五官，讓男子的面容若隱若現，看起來既神祕且迷人。

短髮女子又讓我看其他照片，我才知道這竟是一系列的作品。

在這一年裡，Kite陸續放上十幾張這名男子的照片，有近景也有遠景，有側影也有背影，每一張都像是只會出現在夢境裡的畫面，美得令人移不開眼。

只要是Kite的粉絲，都會知道這是非常稀奇的事。Kite從不曾發表系列作，更不曾多次以同一人作為主角。

根據短髮女子的說法，這一系列照片，已經在粉絲群裡引發熱烈的討論，大家都在猜這名男子究竟是Kite的什麼人？最後粉絲們甚至以「Kite的戀人」來稱呼這名男子。

短髮女子剛剛坐在我隔壁，她注意到我的身形和側臉輪廓，都與照片中的男子極為相似。她偷偷觀察我許久，在我起身買咖啡時忍不住跟了過來，並鼓起勇氣出言相詢。

我一時神思恍惚，連店員叫了我幾次都沒能聽見，還是短髮女子提醒我咖啡做好了，我才走過去拿。

「為什麼……會出現『Kite的戀人』這種說法？」再對著短髮女子開口時，我的聲音竟有些啞了。

「因為大家都認為那些照片是以戀人的視角拍攝的，像我就覺得這是Kite拍過最好的一組照片，非常有感情，如果不是對對方懷有愛意，Kite不會拍下這麼多他的照片吧？」短髮女子振振有詞說完自己的看法之後，脹紅了臉，像是正努力壓抑內心的激動，「所以照片裡的主角眞的是你嗎？Kite是台灣人？是男生還是女生？」

面對短髮女子那雙充滿期待的眼睛，我沒有說實話。

我表示自己並不認識Kite，她認錯人了。

短髮女子很失望，問我能不能讓她拍張照片？我禮貌地拒絕了。

沒心思繼續留在咖啡館，我三兩口喝完咖啡，背起包包走出去，獨自走過一條又一條街道。

待心情稍微平復後，我停在路邊，拿出手機，重新下載IG，並找出Kite的照片牆。

當初鍾可云刪掉我手機裡的IG，要我絕不能去找她拍的照片看，我還不明白爲什麼，如今總算知道答案了。

她大概早有打算將我的照片放上IG，卻又怕我會阻止她吧？

但她是在什麼時候拍下這麼多我的照片？

並非自戀，等我仔細看過這一系列照片，我和那名短髮女子有著同樣的想法，這確實是Kite鏡頭下最動人的一組作品。

反覆看著這些照片，我的眼眶竟有點酸澀。

這些照片都透露出一個訊息：鍾可云始終惦記著我。

不知道她過得如何？

如果可以，眞想再見她一面，聽聽她的聲音，看看她那雙會笑的眼睛。

當這個念頭一浮現，不可思議的事發生了。

兩三天後，偉杰忽然問起我近日的行程，我以爲他是想約我吃飯，便大致跟他說了。隔天一早，他出現在我家門口，交給我一個信封。

我一看清信封裡的內容物，下巴差點沒掉下來。

竟是一張飛往義大利的機票！

「有人託我交給你的，你就在有空的那幾天去一趟吧。」偉杰口氣輕鬆，彷彿只是要我從台北搭高鐵到高雄。

「爲什麼會有這張機票？是鍾可云要你給我的？她是不是在義大利發生了什麼事，才要我過去一趟？」我不由得朝最糟糕的方向去揣想。

「放心，她人沒事。這張機票確實是她請我轉交給你的，難道你不想見她？」

我一時語塞。

「那天我送你去機場。」偉杰也不等我回答，說完就離開了。

「可是上次你也是一猜就中，哪可能連續兩次都矇對？簡直就像是跟Kite心有靈犀一樣！」

「我不是第一次喜歡上一個人，卻只對你有這種感覺，好像和你心有靈犀。」

直到手裡拿著機票的這一刻，我仍覺得很不眞實。

心有靈犀，是嗎？

Chapter 20

我在一個星期後抵達威尼斯的馬可波羅機場。

令我驚訝的是，有人特地過來接機，但那人並不是鍾可云。

那是一名身材高瘦的褐髮男子，他舉著一面用中文寫著「柯諺文」的看板，站在接機區的人群裡，我很快認出他是鍾可云舅舅的男友，也就是那間玫瑰餐廳的老闆。

褐髮男子名叫Angelo，會說一點中文，雖然不太流利，但一般簡單的溝通不成問題，他笑說他的中文幾乎都是鍾可云教的。

坐在Angelo的車上，透過與他的閒談，我才發現偉杰又作弄了我一次。

送這張機票給我的人，並不是鍾可云，而是鍾可云的舅舅。

鍾可云的舅舅聽鍾可云說起她與我之間的事，便透過一些方式，輾轉聯繫上偉杰，表示想送我一張去往威尼斯的來回機票，偉杰在得知原委後，一口應允幫忙。

也就是說，鍾可云不知道我今天會過來這裡。

Angelo還說，鍾可云很想念我，但她堅持要等到自己滿二十歲那天，才與我聯繫，說什麼要等到那個時候，我才會把她當成一個女人看待。鍾可云的舅舅恐嚇她，說不定我會在這段期間另交女友，她為此憂心忡忡，卻仍固執己見。

鍾可云的舅舅不忍寶貝外甥女終日悶悶不樂，決定擅自行動，給鍾可云一個驚喜。

「沒滿二十歲對我來說就是小女生。」

我瞬間理解了鍾可云爲何會有這番堅持，以及爲何要我等她滿二十歲，啼笑皆非之餘，也後悔自己當初不該隨口跟她那麼說。

車子最後在那間美麗的玫瑰餐廳店門口停下。

Angelo說，等一下鍾可云會從家裡過來，要我先進店裡喝杯熱茶。

店員很快送上一壺芳香濃郁的紅茶，我啜飲了一小口，感嘆道：「外面好冷，喝杯熱茶能讓身體溫暖起來。」

「今天確實特別冷，昨天還下雪呢。」Angelo笑著接話。

「下雪？這個季節？」我頗爲詫異，沒想到威尼斯三月還會下雪。

「對，而且今天可能也會下。」

稍微休息片刻，我向Angelo表示想去外面走走，便推門而出。

我長久凝視著種植在店門外的那一大片玫瑰花，這次我再也捨不得摘下一片葉子。

幾分鐘後，我的手機傳來震動，有人撥了視訊電話過來。

「諺文哥。」馨玫的笑臉出現在螢幕裡，「可晴姊說你是今天的飛機，她要我打電話給你，問你到了沒？」

馨玫剛說完，可晴便湊到她身邊，興高采烈地開口：「老師，你到威尼斯了吧？見到可云了嗎？」

「還沒有。」我莞爾一笑。

「幫我跟可云說，我們都很想她，也請替我向舅舅問好，以後我會找時間去威尼斯探望他的。」可晴說。

「沒問題。」我注意到一小片細雪飄落至手機螢幕上，不由得仰頭朝天空望去。

「諺文哥，怎麼了？」馨玫問。

我看著紛飛的片片白雪，驚訝道：「下雪了。」

「真的嗎？威尼斯下雪了？」兩個女孩也跟著驚呼。

讓她們透過鏡頭欣賞這幕景象之後，這次的通話便劃下了句點。

我是第一次親眼看見雪，難掩心中悸動，忍不住伸手接住一片雪，看著它慢慢融化在掌心裡。

如果是在上次來到威尼斯時目睹這一幕，我應該會非常難受吧。

然而不可思議的是，即使眼前這場雪，讓我想起了筱婷，我卻已然感受不太到那份痛楚，反倒萌生出一個念頭。

我想將我與筱婷的那段過去，說給鍾可云知道。

我想看著那個女孩的臉，把這些都說給她聽。

然後告訴她，我很慶幸自己遇見了她。

「……柯諺文？」

聽到那聲呼喚，我轉頭望向來人。

看見心中正思念著的女孩，一臉不可置信地向我走來，我驀然明白了一件事。

過去所受的那些傷，也許都是爲了讓我走到這裡。

爲了讓我在下雪的日子裡，與這個女孩相遇。

「你相信緣分嗎？」

或許就如鍾可云所說的，這一切是緣分，是命中注定。

因爲她，我開始想要這麼相信。
也決定如此相信。

全文完

後記

他們的第一個故事

寫這篇後記之前，我試著回想了一下，上回寫這種暖心風格（自己說）的戀愛小說是在什麼時候，居然想了半分鐘都沒想出來，好慚愧。

《看見雪的日子》其實是我在二〇一一年發表的舊作，如果有人看過舊作，必然會發現這次重新修訂出版的版本，與舊版相差非常多。除了保留幾個角色之間的關係，我將某些重要配角的性格，以及劇情走向，全部換過重寫，所以讀過舊版的讀者，可能得用全新的眼光來看待這個故事。

不過我一開始並不是這麼打算的。

我只是非常天真且懶惰地想著，把這個我還挺喜歡的溫暖故事「稍微」修改一下，重新呈現給大家，甚至還向編輯保證絕不會花太多時間，請她儘管放心。

誰知道一開始著手處理稿件，災難就發生了。我眼睜睜看著自己敲下的每一個字，逐漸偏離原先的主軸，構築出另一個樣貌非常不同的故事。

我越寫越覺得不妙，眼看新增加的劇情越來越多，新角色也一個個接連冒出……

我便清楚地知道這下完蛋了。

接下來我所面臨的情況，相信大家應該都猜到了。（遠目）

重新撰寫這個故事的過程中，我好幾次都想著，若是能去到當初得意洋洋保證只是「稍微修改一下」的自己面前，我一定會甩她幾巴掌，要她清醒一點，同時暗自決定偷偷封鎖總編的LINE……啊不是，是請求她再多給我一點時間寫稿。

但比起這些，更加令我料想不到的是，將舊作重新改寫——這樣一個簡單的起心動念，最後竟變成我將陸續完成其他本系列作。

是的，《看見雪的日子》已經確定會有另外兩本系列作，由《看見雪的日子》書中的角色衍生而出。

這個念頭在我心中一起，就無法停止，我打算將更久以前的另一部舊作，一起寫入相關系列作裡。不過那部舊作，應該只有元老級的讀者才有印象，因此在這裡就先不多談了。

在讀完《看見雪的日子》後，細心一點的者可能會發現，書中幾個配角身上的故事尚未完全揭曉，這也是爲什麼我會想寫系列作的原因之一。

而讓我決定將這個故事發展成系列作的關鍵，就是高海城、高偉杰、高馨玫這三兄妹。本篇後記標題〈他們的第一個故事〉，裡頭的「他們」，指的就是這三兄妹，然而他們卻未必會在後續的作品中擔任最主要的主角。在下一本作品裡，我將透過我另一部舊作的主角，來解開高馨玫的身世之謎。

值得一提的是，雖然是系列作，下一部作品的風格與《看見雪的日子》的溫暖療癒截然不同，走的是我的絕大多數讀者最喜歡（？）的黑暗純愛風。

雖然這次失控的舊作改寫，照樣把我整得很慘，還因此挖了更大更深的坑得填，但能擁有無論如何都想寫出來的故事，對作者來說還是很幸福的一件事。

如果你們也能喜歡那些故事，那更是我的幸福了。

無論你是讀過《看見雪的日子》舊版的老讀者，還是初次與這個故事相遇的新讀者，我都衷心希望諺文和可云能在寒冷的冬季裡溫暖你們的心。

感謝親愛的總編馥蔓、感謝城邦原創，感謝讓這本書順利付梓的所有人。

感謝今年也陪伴著我的小平凡，你們的支持是我繼續創作的最大動力。

我很期待帶著新故事與你們相會的那一天。

晨羽

國家圖書館出版品預行編目資料

看見雪的日子／晨羽著. -- 初版. -- 臺北市 ： 城邦原創股份有限公司出版 ： 英屬蓋曼群島商家庭傳媒股份有限公司城邦分公司發行, 2021.01
面；公分. --

ISBN 978-986-99411-7-4（平裝）

863.57　　　　109022061

看見雪的日子

作　　者／晨羽
企畫選書／楊馥蔓
責任編輯／楊馥蔓

行銷業務／林政杰
總 編 輯／楊馥蔓
總 經 理／伍文翠
發 行 人／何飛鵬
法律顧問／元禾法律事務所　王子文律師
出　　版／城邦原創股份有限公司
台北市南港區昆陽街16號4樓
電話：(02) 2509-5506　傳真：(02) 2500-1933
E-mail：service@popo.tw
發　　行／英屬蓋曼群島商家庭傳媒股份有限公司城邦分公司
聯絡地址：台北市南港區昆陽街16號8樓
書虫客服服務專線：(02) 25007718・(02) 25007719
24小時傳真服務：(02) 25001990・(02) 25001991
服務時間：週一至週五09:30-12:00・13:30-17:00
郵撥帳號：19863813　戶名：書虫股份有限公司
讀者服務信箱 email：service@readingclub.com.tw
城邦讀書花園網址：www.cite.com.tw
香港發行所／城邦（香港）出版集團有限公司
地址：香港九龍土瓜灣土瓜灣道86號順聯工業大廈6樓A室
email：hkcite@biznetvigator.com
電話：(852)25086231　傳真：(852) 25789337
馬新發行所／城邦（馬新）出版集團 Cité(M)Sdn. Bhd.
41, Jalan Radin Anum, Bandar Baru Sri Petaling,
57000 Kuala Lumpur, Malaysia.
電話：(603) 90563833　傳真：(603) 90576622
email:services@cite.my

封面設計／Gincy
電腦排版／游淑萍
印　　刷／漾格科技股份有限公司
經 銷 商／聯合發行股份有限公司
電話：(02)2917-8022　傳真：(02)2911-0053

■ 2021 年 1 月初版　　Printed in Taiwan
■ 2024 年 4 月初版 11.5 刷

定價／320元

ISBN　978-986-99411-7-4

城邦讀書花園
www.cite.com.tw